あなたの幸福度が上がる
デンマークの仕事と生活

マイク・ヴァイキング
小林朋則 訳

THE ART OF
DANISH LIVING
HOW TO FIND HAPPINESS IN AND OUT OF WORK
MEIK WIKING

原書房

目　次

CHAPTER1

働く喜び

005

CHAPTER2

目的を見つける

027

CHAPTER3

フラット、信頼、つながり

057

CHAPTER4

自由を求めて

095

CHAPTER5
ワーク・ライフ・バランスという神話
135

CHAPTER6
成功とは何かを考え直す
167

CHAPTER7
仕事での幸せの今後
203

謝辞
224

写真出典
225

CHAPTER 1

働く喜び

私は学生時代デンマーク外務省で働いていたことがあり、その出勤初日のことは今もよく覚えている。アフリカ局の副局長との面接で採用された私は、外務省の建物にはそれまで1度しか行ったことがなく、ここで働けるのを楽しみにしていた。

　職場に着いてすぐ、私は面接官だった副局長と再会した。彼女は私を歓迎し、局長に紹介してくれた。

　その局長は、こう言ってきた。「君が新入りか。で、何語が話せるんだ？」

「英語とデンマーク語と、スナユスクです」と私は返事した。「スナユスク（Sønderjysk）」とは、デンマークでもドイツ国境に近い私が育った地域で話されているデンマーク語の方言だ。この方言、同じデンマーク人であっても、ほかの地域の人にはなかなか聞き取ってもらえず、もう独立した言語といっていいんじゃないかと私なんかは思っている。そういうわけで、私としてはシャレた返事をしたつもりだった。しかし、新たな上司となる局長は、そうは思わなかった。

「フランス語は話せないのか？　じゃあ、ここに何しに来たんだ！」。そう言うと、私がフランス語で「え？」と聞き返す間もあらばこそ、局長は私の自尊感情を踏み潰したまま、副局長を連れて立ち去った。

　確かに局長の言うことにも一理ある。アフリカでは、ベナン、ブルキナファソ、コンゴなど多くの国でフランス語が公用語として使われているから、フランス語を話せる人を雇うのは当然のことだと私も思う。私が分からなかったのは、なぜ局長がよりによって出勤初日にそのことを私に言い聞かせたいと思ったかだった。

　もっとも、局長が気に入らないのは私だけじゃないことはすぐに分かった。別の学生アシスタントは「バカヤロウ！」と怒鳴られていたし、それとは別の女子学生は「頭が腐ってんのか！」と言われていた。外交官といえば対人スキルに優れているはずなのに、そうした意味での外交センスがこの局長にはほとんどなかった。

006

それに比べて私が大学で教わっていた経済学の教授は、とてもすばらしい方だった。私の大学には経済学コースを教えている教授が３人いて、私たち学生はどの教授のクラスに出てもよいことになっていた。ほかの２名の教授の授業は、取っている学生が５～６人しかいなかった。ところが、私の取っていたアナス教授の授業には 200 人の学生が押し寄せていた。教授は、込み入った問題を分かりやすく説明するのがとてもうまく、それに何より、ほんとうに親切で愉快な人だった。

　経済学の最終試験を終えた後、そのアナス教授から、福祉問題とサステナビリティーを扱うシンクタンク「月曜の朝」（Mandag Morgen）で教授のインターンとして働かないかと誘われた。私は「働きます」と即答し、次の週にはアフリカ局の局長室へ行って「仕事を辞めます」と伝えた。局長は、私の後任として誰かを新たに訓練しなくてはならなくなって不機嫌そうだった。私の外務省勤めは 10 か月で終わった。映画だったら局長に「辞めます」とフランス語で伝えていたところだ。その日の午後、自転車に乗って自宅に帰る私の上には、真っ青な空が広がっていた。

　この話のポイントは、こうだ──人生にはすばらしいことがたくさんある。休暇に出かけるのも、友だちと遊ぶのも、ごちそうを食べるのも、そのすべてがすばらしい。でも、自分のメンタルヘルス（心の健康）によくない仕事を辞めた経験のある人は、どれくらいいるだろう？

　まだ辞めていないという人には、この本が何かのきっかけになればと願っている。でも、嫌な仕事を辞めるのもいいが、私たちは志をもっと高く持つべきだ。この本は、仕事で得られる幸福のレベルを上げることを目指している。つまり、どうすれば自分が生き生きと活躍できる仕事や職場を作り上げることができるかが本書のテーマなのだ。

　私は十数年前にハピネス・リサーチ研究所を設立し、以来そこで働いている。この研究所、その名前から魔法の国か何かのように思われているようで、多くの人から、オフィスにはユニコーンと砂糖菓子があふれていて、私の月曜のスケジュールは「アイスクリーム、アイスクリーム、アイスクリーム。昼食。子犬、子犬、子犬」だと思われているらしい。残念な

がら、そんなことはない。私たちが日々目にしているのは、ユニコーンや子犬ではなく、ランダム化比較実験の結果や査読つき論文だ。

　けれども私は、デンマーク生まれの右も左も分からぬ幸福研究者として精力的に活動してきた結果、仕事は幸福の源になりえるし、幸福の源であるべきだとの確信を持つようになった。正しい姿に整えれば、仕事は楽しくて充実したものになる——それがこの本の前提であり、この本で言いたいことだ。

　本書では、何が仕事での幸福感を生み出すのかを見ていく。どんな要因が幸福にプラスの影響を与えるかを考え、仕事での幸せを増進させた具体的事例や職場の方針、実験的な試みについて学ぶ予定だ。中でも特に詳しく取り上げようと思っているのが、デンマークの職場事情と、デンマーク語でもユニークで独特な単語「arbejdsglæde」である。

arbejdsglæde

話を進める前に、「arbejdsglæde」という単語の発音を簡単に説明させてほしい。まず口を大きく開けてリンゴをガブリとかじり、それをのどの奥に詰まらせた感じで、「アーバイツグレーゼ」（最後の「ゼ」は英語の「th」で）と言えばいい。

「arbejde」（アーバイゼ）は「仕事」という意味で、「glæde」（グレーゼ）は「喜び」を意味する。この2つの単語をつなげれば、あっという間に「今の仕事が好きで、仕事に行くのが楽しみだ」を意味する言葉のできあがりだ。同じように、デンマーク語の「arbejdslyst」（アーバイツリュスト）は「勤労意欲」つまり「働きたいという気持ち」のことで、デンマーク人の同僚に「今日の仕事、楽しんでね」「がんばってね」と声をかけたいときには「God arbejdslyst!」（ゴ・アーバイツリュスト！）と言えばいい。

「arbejdsglæde」は北欧系の諸言語、つまりデンマーク語、スウェーデン語、ノルウェー語、アイスランド語にあるが、世界のほかの言語には、私が知る限り、これに相当する単語はない。探した中でいちばん近いのはエストニア語の「tööröõm」（テーローム）で、これは「働く楽しみ」あるいは「ふだんの仕事でちょっとした喜びを見つけること」という意味らしい。

それに対して、これと真逆の意味の言葉は簡単に見つかる。例えば日本語の「過労死」は、文字どおり「過度な労働が原因の急死」という意味だ。「grind」（すり減らす）、「burn out」（燃え尽きる）、「hit the wall（限界に達する）といった、そこまでショッキングでない表現もあるが、この3つも、そのまま放っておいたらたぶん過労死一直線だ。

アーバイツグレーゼは、いい考えというだけではない。その効果はデー

タをとおしてはっきりと現れているようで、実際デンマーク人は、仕事をめぐる幸福度では常に世界トップクラスに位置している。EU 統計局によると、デンマーク人の約 3 人に 2 人が仕事への高い満足度を示している。ちなみにドイツ人とフィンランド人では、この割合は約 3 人に 1 人にすぎない。でも、たぶんそれよりもっと分かりやすいのがイギリスの世論調査会社ユーガヴ（YouGov）の調査結果で、それによると、デンマーク人の 58 パーセントが、金銭的な理由で──例えば宝くじで 1000 万英ポンド（日本円で約 20 億円）を当てて──もう働く必要がなくなっても仕事は続けると回答しているそうだ。

こうした調査結果のほか、国連が毎年発表している「世界幸福度報告書」の幸福度ランキングで常に上位を占めていることから、デンマークは理想郷のように思われることがある。私は、こうした思い込みをからかってやろうと考え、自著『リュッケ　人生を豊かにする「6つの宝物」』に、こんな文章を書いた。

　　デンマークでは何もかもが順調に進む。いや、ちょっと言い過ぎた。4年前に電車が1本、定刻より5分遅れて到着したことがあった。ちなみに、このときは乗客ひとりひとりに首相からの謝罪の手紙と、補償として好きなデザイナーチェア1脚が送られた。

『リュッケ』出版後、アメリカにある大手新聞の記者からメールが届き、謝罪の手紙の件は実話なのか、それともただの冗談なのかと尋ねられた。

　私は、こう返信した。「冗談です。この国の電車は絶対に遅れません」。

　それはさておき、ここで私が言いたいのは、デンマークは必ずしも評判どおりの国ではないということだ。現実に理想郷である国などありはしない。デンマークにも、家庭であれ職場であれ、あるいはその両方であれ、幸福でない人は確かに存在する。ランキングは平均値をもとに決められるものが多く、だから当然ながら平均値より上の人もいれば下の人もいる。私たちハピネス・リサーチ研究所が調査を実施するときには、平均に近い中間層だけでなく、その両側もカバーするようにしている。確かに私たちは人々がどのくらい幸福なのかを知りたいと思っているが、おそらくもっと重要なのは、どうして幸福なのかという理由の方だ。生活や仕事への満足度について10段階評価で10の人もいれば1の人もいるのはなぜなのだろう？　そして、このことからどんなことを学び取れるだろう？　仕事での幸福を推し進めるものは何で、障壁となるのは何なのだろうか？

　私たちは、どんな要因が理由で仕事に対する幸福度が人によって違うのかに注目しながら、デンマークの内外で調査を行なってきた。

　私たちは「仕事に幸福を感じていること」を、「明日の仕事を楽しみに

し、昨日の仕事を楽しみながら終え、自分の職場は働くのに最適な場所だと思っている状態」と定義している。けれども、私たちとしては誰がいちばん幸せかを分析するのではなく、幸せかどうかを決定する要因が何なのかを知りたいと考えている。幸福度の違いを生む原因となっているのは給与レベルなのか、上司との関係なのか、それとも達成感なのかを知りたいのだ。

　ハピネス・リサーチ研究所で私たちはさまざまな企業・団体とともに調査・研究を続けてきた。その中には、従業員が数百人程度の中小企業もあれば、数十万の従業員を抱える世界的な組織もある。この本では、そうした調査・研究で得られた知見を紹介して、どうすれば誰もが自分の考え方や習慣、行動を改善して、仕事の場でも、仕事以外のプライベートな場でも、もっと幸せを感じられるようになるかを説明したいと思う。

　私たちが企業・団体を対象に幸福に関する調査を実施する際は、従業員の匿名性を守ると同時に、個々の調査対象者が時間の経過とともにどう変化したかを追跡できるようにしている。だから、仕事での幸福度を10点満点で評価する調査で経営部のカレンが先月6点をつけたけれど今回8点をつけた場合、私たちにはそれがカレンだとは分からないが、回答者が同じ人物であることは分かる。これは重要な点だ。なぜなら、私たちが理解したいと思っているのは変化、つまり幸福度の増減だからだ。例えば、新たなフレックスタイム制が導入されたあとに従業員の10パーセントが以前よりもっと幸せを感じるようになったと回答すれば、その新制度は確かに功を奏したと分かる。

　それに比べて、ヨガ教室、マッサージ、仮眠ポッド、洗濯サービス、無料スムージーといった、シリコンバレーのIT企業でよく耳にするものは幸福度を変化させないようだ。確かに、こうした福利厚生は、「自分の職場は全体として働きやすい場所だ」という思いを強めるかもしれないが、「仕事で幸福を感じるか」「昨日の仕事を楽しみながら終えたか」「明日の仕事を楽しみにしているか」といった問題には何のインパクトも与えない。そして、そこに私たちの問題意識がある。いったい何が私たちに仕事で幸せだと感じさせるのか、どうすれば誰もがストレスを減らし、積極性を高め、

この世でいちばん幸せな人のように働くことができるのか。こうした疑問を解き明かして理解するのが、私たちの目的なのだ。でもその前に、まずは仕事と幸福の関係をもっと詳しく見ていくことにしよう。

仕事の複雑さ

　もしも仕事と幸福がフェイスブックの「交際ステータス」で関係を選択しなければならないとしたら、たぶん「複雑な関係」を選ぶだろう。

　多くの人にとって仕事は多大なストレスとプレッシャーと不安の源ではあるけれど、仕事を失うとその人の幸せに悪影響が及ぶことも、また間違いない事実だ。収入源を失うのはもちろん、職場で培ってきた人間関係の多くや、自分のアイデンティティーの一部、目的意識をなくしてしまうこともある。

　大人数を対象に、人生での変化が人々の幸せにどのような影響を与えるかについて長期にわたる追跡調査を実施すると、仕事を失うことが幸福度を大きく下げることが分かる。ほかに、離婚や病気も幸福度を下げることがある。こうした結果は予想の範囲内だろうけれど、意外と知られていないのは、人は人生で味わう挫折の多くからかなり早急に回復するということだ。実際、離婚や病気からは比較的速いペースで立ち直り、以前の幸福度に戻ることが多い。しかし、失業だとそうはいかない。失業が心に与える悪影響は、失業から３年たっても変わらないことがあるし、年月の経過とともに悪化していくことも多い。

　イギリス世帯パネル調査のデータを見ると、失業を経験した人は、失業の１年後、人生に対する満足度が 10 段階評価で１ポイント低くなっている。４年後も依然として失業中だったら、満足度はさらに 0.5 ポイント落ちる。参考のため、同じ調査から結婚した人のデータを見ると、結婚した年には人生への満足度が４年前と比べて平均 0.65 ポイント増加している。つまり、１年間失業している悪影響を帳消しにするには幸福感を与えてくれる結婚を２度する必要があるわけだ。

私が見てきた研究では、働く意思があるのに職を失った非自発的失業者は常に幸福度が低い。幸福を「人生への全般的な満足感」「目的意識とやりがいを持つこと」「喜びや興奮といったプラスの感情を日常的に経験すること」のうちのどれだと考えても——ちなみに私たちの幸福度調査では、この3要素をすべて含めるのが普通だ——失業者は就業者よりも一貫して幸福度が低い。

　平均すると、就業している人は失業している人よりも満足度が（10点満点で）0.6ポイント高い。そう聞くと大きな差ではないと思うかもしれないが、世界的に見ると人生への満足度は平均がおよそ5点なので、0.6ポイント高いというのは幸せを約10パーセント多く感じていることになる。さらに、どんな気持ちを日常的に経験しているかを見てみると、失業者は就業している人と比べてマイナスの感情を約30パーセント多く感じている。

　ハピネス・リサーチ研究所が一般人を対象に実施してきた調査からは、仕事をめぐる幸福と、個人の全般的な幸福とは関係があることが分かっている。仕事で幸福なら、人生全般についても幸福である可能性が高い。でも、考えてみれば当然のことだ。私たちは非常に多くの時間を仕事に割いているのだから、職場で時間を過ごすときに、いつもプラスの感情を抱くことができ、絶えず強い目的意識を持てて、自分が成し遂げたことへの誇りを感じられることが多く、自分を気にかけて支えてくれるすばらしい人が大勢いるなら、雨が降る月曜日の朝7時に目覚まし時計が鳴っても、当然ながら嫌だとは思わないだろう。データからも、仕事での幸福度が1ポイント上昇すると全般的な幸福度も上昇（0.5ポイントの増加）する傾向があることが分かっている。つまり、仕事での幸福度が上がれば全体の幸福度も上がるのだ。やった！　これぞ一挙両得だ。

　要するに、仕事は私たちの幸せに欠かせないものなのだ。2017年の「世界幸福度報告書」の言葉を借りれば、「就業が個人の幸福にとって非常に重要だという認識は、人類の幸福に対する経済学的研究から導き出された最も確固たる結論の1つである」ということだ。

　だが、仕事中に人々がどんな気持ちを抱いているかを調べてみると、明

るいとは言えない結果が出てくる。確かに、仕事に就いていないのは幸福にとってよくないことだ。失業は不安とストレスを生み、生きる目的と規則正しい生活を失う原因になる。しかし、仕事に就いていても、それが幸福にとってよくない場合もある。仕事が不安とストレスを生むことがあるからだ。

このことを証明した研究者の1人が、2002年にノーベル経済学賞を受賞した心理学者ダニエル・カーネマンだ。21世紀初頭、カーネマンとそのチームは、アメリカのテキサス州で働く女性を対象に、当時としては先駆的だった「一日再現法」と呼ばれる手法を使って調査を実施した。この調査では、約1000人について、各個人のありふれた1日を構成する、そのときどきの経験や感情を追跡した。調査に参加した909名の女性は、まず1日の行動を「洗濯する」や「テレビを見る」から「セックスをする」や「出勤する」まで、すべて日記に書き記す。

翌日、参加者は前日の日記を見返し、自分の行動ひとつひとつについて、その行動によってどんな気分になったかを、例えば、「不愉快」「心配」「がっかり」「ほのぼの」「幸せ」というように評価していく。その後、調査員たちが最終結果をまとめ、「その行動は、主としてよい感情を生み出すものか、それとも悪い感情を生み出すものか?」「生み出された感情の強さはどの程度か?」を明らかにした。行動のトップ5、つまり楽しい時間が続いた活動の上位5つは、親密な関係(もっと学術的な言い方をすれば「うっふ～ん、あっは～ん」)、終業後の人づきあい、リラクゼーション、夕食を取る、昼食を取るだ。つまり基本的に、私たちが生物として生きていくのに有利な行動は、私たちを楽しい気分にさせてくれる。一方ワースト5は、カーネマンらによると、家事、子どもの世話、夕方の退勤、仕事、朝の通勤(これが最下位)だった。

しかし、読者の中にはこう思う方がいるかもしれない。「人は前日の気持ちを翌日になってからだと正確に思い出せないのではないか?」「もし働いている最中にそのときの気持ちを尋ねたら、結果は違っていたのではないか?」。

この疑問はいいところを突いている。そこで、その点をはっきりさせるため、イギリスの経済学講師ジョージ・マケロンが実施した「マピネス・プロジェクト」について説明したいと思う。2010年、ロンドン・スクール・オヴ・エコノミクスにいたマケロンは、マピネス・プロジェクトと名づけた調査活動を開始した。この調査では、参加者は1日に数回ランダムにスマートフォンでメッセージを受け取り、今その場所でどんな気持ちでいるのかを質問される。そのとき同時に、現在地と、今何をしているのかも尋ねられる。行動については「仕事」など40個の選択肢の中から選ぶことになっていた。また、今はひとりかどうか、もしひとりでなければ誰といっしょにいるのかも書き込むことができた。

　調査員は、イギリスにいる数万人から100万件以上の回答を集めることができた。その結果、人々が行なっていた活動（次ページのグラフは一部のみ掲載）のうち、賃金労働はほかの39の行動のほとんどすべてよりもランキングが低く、賃金労働よりも低かったのは唯一「病気で寝ている」だけだった。仕事は、幸福に最悪レベルの悪影響を与えていたのである。

行動のトップ5

どんな行動が幸福にどの程度の影響を与えるか？
さまざまな行動が幸福に与える影響

行動	値
愛情行動、性行為	14.20
観劇、ダンス、コンサート	9.29
スポーツ、ランニング、エクササイズ	8.12
会話、おしゃべり、人づきあい	6.38
ウォーキング、ハイキング	6.18
飲酒	5.73
趣味、美術、工芸	5.53
瞑想、宗教活動	4.95
スポーツ観戦	4.39
子どもの世話、子どもと遊ぶ	4.10
ペットの世話、ペットと遊ぶ	3.63
音楽を聴く	3.56
パズル、その他のゲーム	3.07
ショッピング、買い物	2.74
ギャンブル、賭け事	2.62
テレビや映画を見る	2.55
食事、軽食	2.38
料理、食事の準備	2.14
お茶またはコーヒーを飲む	1.83
読書	1.47
洗顔、身支度、身繕い	1.18
睡眠、休息、リラクゼーション	1.08
喫煙	0.69
ショートメッセージ、eメール、SNS	0.56
家事、雑用、DIY	-0.65
移動、通勤	-1.47
会議、セミナー、授業	-1.50
事務、財務、組織作り	-2.45
待つ、列に並ぶ	-3.51
成人の世話または介護	-4.30
仕事、勉強	-5.53
病気で寝ている	-20.40

でも、あなたはこう思うかもしれない。「その2つの調査結果は、テキサス州とイギリスだけじゃないか。世界中を見渡せば事情は違うんじゃないか」。残念ながら、そうではない。調査会社ギャラップによると、仕事に精力的に取り組んでいる人は世界中で20パーセントしかおらず、62パーセントは「静かな退職」をしていて、仕事をやる気がなくなっている。「静かな退職（Quiet quitting）」とは、「仕事で求められる最低限のことしかせず、絶対に必要な分以上の時間や労力を注ぎ込まないこと」をいう。残りの18パーセントは「騒がしい退職」つまり仕事への関与を積極的に断つ行動を取っている。

　私たちは、どこよりも職場で不幸せだと感じることが多いだけでなく、仕事のせいでほんとうに病気になってしまうこともある。アメリカでは、疾病管理センターの調査によると、10人に7人が、一般的な頭痛や絶え間ない不安感または無力感など、職場でのストレスが原因で起こる症状を1つ以上抱えていた。また、グーグルの検索ボックスに「work is」（仕事は）と打ち込むと、オートコンプリート機能で表示される入力候補の1つとして「da poop」（クソだ）が出てくる。たぶん、それが多くの人の意見なんだろう。だが、もっと気になるのは、「making me sick」（私を病気にしている）と「giving me anxiety」（私を不安にさせている）も入力候補の上位に表示されることだ。

　じゃあ、どうすればいいんだろう？　まずは第1歩として、この本を手に取るのがいいだろう。読者のみなさん、よくやった！　もちろん私の意見がけっこう偏っているのは百も承知だが、それでも、みなさんに「よくやった！」と言いたい。なぜなら、この本を手に取ったということは、あなたは私たちに何かできることがあると信じているということだからだ。そう、「私たち」。職場で幸福を作り出すのは、みんなの責任だ。あなただけの責任でもなければ、あなたの上司だけの責任でも、あなたが働いている組織だけの責任でもない。次の章からは、それをどうやって達成するかを探っていく。また、上司の意識を変革させて、従業員の幸せに注目して彼らの幸せを高めることに価値を見いだせるよう仕向ける方法についても、いくつかヒントを紹介したいと思う。その1つとして、例えば今度あなたが上司とおしゃべりするときに、次のような会話をしてはどうだろう。

あなた「ところで、オックスフォード大学サイード・ビジネス・スクールとエラスムス・ロッテルダム大学の研究者たちが生産性と幸福の関係を調べるため共同で実施した、あのすばらしい研究の論文はもう読みましたか？」

上司（明らかにウソと分かる口ぶりで）「もちろんだ。だが、君の意見をぜひ聞きたいね」

あなた「では、すでにご存知と思いますが、デ・ネーヴェ、ウォード、ベレという３人の研究者が、ブリティッシュ・テレコムと共同で、同社の販売スタッフの幸福度を追跡調査しました。調査は、異なる６つの場所で1800人を対象に、週単位で６か月間、行なわれました。電子メールによる簡単な調査票を使って、従業員たちに、そのときどきの幸福状態を『とても悲しい』から『とても幸せ』のあいだで評価してもらったんです」

上司「ふむふむ、そうか。『とても幸せ』ね」

あなた「そうです、それから生産性も追跡調査されました」

上司「そうか、生産性か。とても重要だ。とても、とても重要だ」

あなた「そうですね。それから研究者たちは、欠勤日、病欠日、休暇、１時間あたりの電話件数、掛けた電話が売り上げにつながった回数について、データを集めました」

上司「そうそう、売り上げ。ビジネスの基礎だな。売り上げは増やさなくてはいけない」

あなた「その結果分かったのは、従業員は幸福度が上がると生産性も上がるということでした。１労働時間あたりの電話件数が増え、しかも、これがいちばん重要だと思うのですが、売り上げにつながった電話の数も増えたのです。生産性がどれくらい向上したか、ご存知ですか？」

上司「ああ」

　気まずい沈黙

あなた（沈黙を破って）「13パーセントです」

上司「パーセントね、うん」

あなた「それに研究者たちによると、幸せと仕事の関係はこれまで何度も議論されてきたけれど、因果関係の証拠が見つかったの

は今回が初めてだそうです。従業員がもっと幸せになると、生産
性はもっと上がるんです。しかも、幸せな従業員は、幸せでない
同僚より労働時間が長いわけではなく、労働中の生産性が上がる
ことも分かったんです」
上司「私にとって大切なのは売り上げだ。あ、いや、科学だ。大
切なのは科学だ」
あなた「そうですとも」

　さらに上司に、この研究から分かったこととして、「幸せな従業員は病欠
日が少なくて愛社精神が高く、そのため収益を悪化させる従業員離職率が
下がる」など、上司が関心を持ちそうな数々の副次効果を教えてあげても
いいだろう。仕事での幸福を増進させるのは正しいことであり、しかもビ
ジネス的にも理にかなったことなのだ。

　その上、コロナ禍で私たちは仕事について考え直さなくてはならなく
なった。働き方、働く時間、働く理由について改めて考えさせられたの
だ。さらに企業も、従業員のメンタルヘルスに対する自分たちの役割と責
任を、ますます認識するようになってきている。

　幸福な従業員は会社の収益にとってプラスになるという証拠が増えてい
ることから、グーグル、Airbnb、アマゾン、SAP といった企業は、どこも上
級管理職の１つに「チーフ・ハピネス・オフィサー（最高幸福責任者）」と
いう役職を置いている。

　チーフ・ハピネス・オフィサーという考えについては本書の後半で改め
て取り上げるとして、まずは読者のみなさんに幸福になるための 宿 題、
「ハッピーワーク」を出すことにしたい。このハッピーワークは、みなさ
んが各章で学んだことを実生活に生かす助けになるだろう。

024

ハッピーワーク

☐ 古い時代を探る考古学者のように、自分の過去を振り返ってみよう。これまでどんな仕事に就いたことがあって、それぞれの仕事を、仕事での幸福という観点から5点満点で評価すると何点になるだろう？以前の仕事はどんな点がよくて、どんな点が悪かっただろう？

☐ 現在どんな瞬間やどんな日にアーバイツグレーゼを感じるか、記録していこう。帰宅時に「今日は職場でいいことがあった日だった」と思う日には、どんなことがあるだろう？

☐ 仕事で感じる幸福が複雑であることを受け入れよう。確かに仕事はつらくてストレスが多いけれど、仕事でのストレス状態を慢性化させてはいけない。仕事をめぐる事情が望ましい方向に変わらないのなら、仕事を変えた方がいいかもしれない。

☐ 今の仕事や、仕事で感じる幸福について、自分でコントロールできる要素は何で、コントロールできない要素は何かを考えよう。不快な上司を代えることはできなくても、オフィスに出社する日数や、オフィスで同席する人物については、何とかできるかもしれない。

☐ 幸福な従業員は生産性が高いことを示す研究について同僚や上司と話し、相手がどう思うかを確認しよう。同僚や上司にとって仕事での幸福を高めるものは何なのかを理解するようにしよう。

☐ あなたが仕事で幸福を感じられるようにする責任は、あなた自身にもあることを自覚しよう。確かに、あなたの会社もあなたの上司も、そうしたことに気を配るべきだし、現状を大きく変えられる立場にあるけれど、それはあなたも同じなのだ。

CHAPTER 2

目的を見つける

「それで、お仕事は何を？」

……は、ディナーパーティーで初対面の人から必ず尋ねられる質問トップ3の1つだろう。ちなみにほかの2つは「それで、フランクとジェニーとはどういうお知り合いで？」と「マッシュポテトを取ってもらえませんか？」だ。

この質問への答えを聞いて、相手は私たちを先入観の枠にはめ、会話の進む方向を決める。ちなみに私の場合は、「幸福の研究をしています」と答えるか、それとも——こちらも同じく真実であるが——「統計の仕事をしています」と答えるかによって、その後に受ける質問のレベルが違ってくる。

動物たちが同じような会話をしているところを想像してみてほしい。例えば「ええ、基本的に食品産業でサプライチェーンのマネジメントをしていて、主に取り扱っているのはバナナです」とか。

私たちの多くは、仕事をしながら仕事をとおしてアイデンティティーを見つけていく。ただし、生涯のあいだにそれが変わることもある。私自身、地元のパン屋で夜勤でデニッシュを作っていた22歳当時を思い返すと、私のアイデンティティーは、文筆家・幸福研究者をやっている40代の現在ほど仕事とは結びついてはいなかった。

それでも、初対面の相手に投げかけるべき、もっと興味を引く質問は、「お仕事は何ですか？」ではなく、「なぜそのお仕事をしているのですか？」だろう。なぜならこの質問への答えが、仕事で幸福を感じているかどうかを示す、よい指標となるからだ。確かに私たちは家計を火の車にしないために働いているが、それがすべてというわけではない。

028

私たちデンマークのハピネス・リサーチ研究所は、ある人がほかの人より仕事に幸福を感じるようになる要因を探る調査を実施した。調査項目は、「同僚」「上司」「自分は仕事のできる人間だという気持ち」「結果を出すこと」「仕事と生活を両立させること」「給与レベル」などで、それぞれの重要度を調べた。調査は数年かけて行ない、さらにノルウェーでも１年間実施した（実のところ、ノルウェー人はデンマーク人とよく似ているけれど、ノルウェーの方が話す言語の響きがいいし、国土の景観も美しい）。ところが結局、どの年も結果は同じだった。ある人がほかの人より仕事に幸福を感じる理由を説明する上で、いちばん重要なものとして常に浮かび上がる要因が１つあった。それは、「目的意識を持つこと」だった。

　この調査では「目的」の意味を広くとらえ、「自分が世の中をよくしている、あるいは、大きな会社で自分が担っている役割には意味があると思っていて、仕事にやりがいを感じているか、それとも、自分はただ書類を右から左へと動かしているだけだと思っているか」について調べた。その結果、比較的小さな会社で働いている人の方が、自分は会社の中でやりがいを感じている傾向が強いことが分かった。また、小さな会社で働く人も大きな会社で働く人も、自分は世の中をよくしていると感じていた。さらに、「大きなやりがい」（世の中をよくする）と「小さなやりがい」（会社の中で重要な役割を担う）のどちらも目的意識にとって重要であることも明らかになった——それはつまり、大きなやりがいも小さなやりがいも、仕事での幸福にとって重要ということだ。もしも私たちがなぜ今の仕事をしているのかという熱い目的意識で燃え上がっていれば、朝起きるのも苦にならないし、これまで以上に仕事を楽しいと思えるだろう。この章では後に「ジョブ・クラフティング」という考え方を取り上げるが、それを実践すれば、今の仕事にもっとやりがいを見いだせるだろうし、今の仕事の代わりにどんな仕事を選べばもっとやりがいを感じられるかを理解するのにも役立つと思う。

　つまり、『星の王子さま』の作者アントワーヌ・ド・サン＝テグジュペリの言葉を借りれば、「もし船を造りたいのなら、人々を呼び集めて材木を集めさせたり、仕事を割り振って働かせたりするのではなく、無限に広がる海に憧れることを彼らに教えなくてはならない」のだ。

030

仕事の過程を楽しむには、幸せを追い求めるのではなく——つまり、「幸せとは、十分に速く走れば、ある目的地でたどり着けるものだ」と考えるのではなく——追い求める幸せを重視する必要があることを理解しなくてはならない。

　やりがいがあると思っているものを追いかけている人は、それが船を造ることであれ、会社を立ち上げることであれ、ハピネス・ミュージアムを開設することであれ、ほかの人より幸福な傾向がある。私の場合、ハピネス・ミュージアムを建てる過程で、古代ローマの幸福の女神フェリキタスを描いた古いコインを探したり、キャンディーを8.2キロ（平均的なデンマーク人が1年間に消費する量）買ったり、建物の改修を監督した父と働いたりといったことを、すべてヒュッゲの名の下に行なった。また同僚のアレハンドロに、ご両親がコペンハーゲンにおいでになるとき、「Hic habitat felicitas」（ここに幸福が住む）という文が刻まれたポンペイ出土のレリーフのレプリカをついでに持ってきてもらえないかと頼まなくてはならなかったときは、心が浮き立つと同時に気まずくもあった。何しろ、この文が刻まれているのは男根のレリーフなので、会話も少々気まずくなろうというものだ。

　コペンハーゲンのハピネス・ミュージアムについて、私がいちばん気に入っているのは、来館者にあなたが幸福を感じるものは何かを付箋に書いてもらう部屋だ。今ではどの壁も何千枚もの黄色い付箋で覆われている。ちょっと見てみると、「ピザ・パーティー」「友人ソフィーからの温かいハグ」「犬」「ママのアップルクランブル」などと書いてある。どれもすばらしいものだし、幸福の調査で得られたデータを見ると、どれももっともな答えだと分かる。けれど、私にとって今までででいちばんのお気に入りだと思えるのは、幸福は「高性能の芝刈り機と、刈る前の広い芝生」と書かれた付箋だ。芝刈りは、芝生をどこまで刈り終わっていて、どこをまだ刈っていないかが一目で分かる。私たちは、進み具合を見るのが好きだ。ペンキを重ね塗りするとき、2回目より1回目に塗る方が楽しいのは、そのためだ。「やることリスト」にすでにやり終えていることをわざわざ書き出し、項目をサクサクと削っていけるようにするのも、そのためだ（そんなこと

しているの、私だけじゃないよね、ね？）。

　ハピネス・ミュージアムの付箋も、私たちがやりがいについて行なった研究も、デューク大学で心理学と行動経済学の教授を務めるダン・アリエリーにとっては意外でも何でもないだろう。

　彼は実験の一環として、人々に「完成したら３ドル渡すので、このレゴ・バイオニクルのフィギュアを組み立ててくれませんか？」と頼んだ。

　実験参加者がフィギュアを１つ組み立て終わると、調査員は完成品を受け取って机の下にしまい、参加者に、今度は30セント少ない２ドル70セントでバイオニクルのフィギュアをもう１体組み立ててくれないかと頼む。以降、３体目は２ドル40セント、４体目は２ドル10セントという具合に、報酬を30セントずつ下げながらお願いしていく。以上が、参加者の半数を対象とした手順だ。残りの半数も、同じようにフィギュアを組み立ててほしいと頼まれ、報酬も１体目は３ドル、２体目は２ドル70セントと、30セントずつ減っていく。第１のグループと唯一違うのは、第２グループの参加者が１体目のフィギュアを完成させて２体目を作り始めると、調査員が１体目のフィギュアを（第１グループでは机の下にしまったのに対し）解体し始めることだ。だから、こちらで使うバイオニクルは２セットだけだ。どちらか１体が組み立て中のとき、残りの１体は解体中となる。

　これは、実験における「シーシュポスのシナリオ」だと考えられた。シーシュポスとは古代ギリシャ神話に登場する、大石を山頂へ未来永劫押し上げ続ける罰を与えられた男のことだ。大石は、頂上に近づくたび山を転がり落ち、そのためシーシュポスは最初からやり直さなくてはならない。実験の第２グループでは、参加者は組み立てたばかりのフィギュアが目の前でバラバラにされるのを見なくてはならないので、平均するとフィギュアを７体完成させたところで、８体目を90セントで組み立てるのを断る。ところが第１グループでは、完成させたフィギュアの数は７体どころの話ではない。何と、フィギュアを平均で11体も完成させたのだ。これは割合で言えば約60パーセントも多い。それだけでなく、11体目は楽しみのために組み立てている。なぜなら報酬は０セントだからだ。

これは非常に単純な実験かもしれないが、とても重要な点を説明している。もしも、作ったばかりのフィギュアがそのままにされるのかバラバラにされるのかといった簡単なことで私たちが 60 パーセント多く仕事をし、楽しいから１つ無料で作ってもいいと思えるのだとしたら、やりがいのある仕事を実生活で体験したらどうなるだろう？　さらに、こちらの方がもっと重要な問題だが、私たちは何をすれば、仕事にもっとやりがいを感じることができるのだろうか？

　もちろん組織によっては、仕事で目指している公共の利益が分かりやすいところもある。世界から飢餓をなくそうと取り組んでいる NGO の職員は、自分たちの目的をすんなり理解して説明することができるけれど、これが犬用のゴム製おもちゃを売っている会社の従業員だと苦労するだろう。何しろ棒切れという手ごわいライバルがいるのだ！　しかし、立派な目的にお金や時間を費やすために選べる方法はほかにもある。例えば一部の会社は、従業員が年に１日、社会奉仕活動をするのを認めている。私たちも、2022 年３月にハピネス・ミュージアムの１か月分の収益をウクライナの赤十字に寄付することにした。もしもあなたが経営者なら、以下に挙げる質問を検討してみてほしい。「わが社の長期目標をもっと明確にするにはどうすればいいだろうか？」「従業員に各自の仕事がわが社の全体目標にとって重要だということをどうやって示せばいいだろうか？」「わが社には、収益の一部を慈善団体に寄付できるほど財務体力があるだろうか？」「従業員に、彼らの取り組みから生まれた価値すべてを今よりもっとうまく示すことができるだろうか？」

ねえ、課長、このバネはみんなどこへ行くんでしょうね?

　個々のタスクにはときに無意味に思えるものもあるが、そんなタスクがもっと大きな全体像の中でどんな位置を占めているかを理解し、全員の仕事が全体としてどんなふうに世の中によい影響を与えているかを理解すれば、やりがいが増え、仕事がもっと楽しくなるかもしれない。私が何年も前に訪ねたバネ製造会社では、これを実現する方法として、1年に1度従業員を全員集め、彼らが作ってきたバネがどこへ行ったかを紹介する映画を見せていた。バネは、火災報知器からベッドに至るまで、ありとあらゆるものに使われていて、人々を火災から守ったり、入院患者の床ずれを減らしたりと、いろいろなことに役立っている。こうして、この会社は長期目標が何であり、ひとりひとりの仕事が人々の暮らしにどう影響しているかを明確にしたのだった。

仮にあなたの上司がこの話の要点が分からないとしても、「自分が仕事をとおして世の中をよくしていると思っている人は、少ない報酬でも仕事をしようとすることが多い」と教えれば興味を持つかもしれない。コーネル大学のロバート・フランクは研究論文「道徳的優位に何の価値がある？」の中で、コーネル大学を卒業する最上級生をサンプルにして、どのような就職先を好むかを調査した。学生には、例えば職種は同じコピーライターだが、勤め先が一方は草の根団体「アメリカがんの会（American Cancer Association）」で、もう一方はタバコ「キャメル」の会社という2つの異なる就職先を提示し、受け取る給料が同じならどちらを選ぶかと尋ねた。

　研究では、卒業生の88.2パーセントが前者を選んだ。さらに、1年にもらえる給料がどれくらい増えればやりがいのある職場からキャメルに移ってもよいかと質問した。増加額の平均は2万4333ドルだった。ちなみに、この研究が実施されたのは1996年で、現在の金額では4万6397ドルに相当する。だから、「道徳的優位に価値はあるか？」の答えは「イエス」で、金銭面での価値があるだけでなく、幸福というボーナスもついてくるようだ。

どこでやりがいを見つけるか？

　でも、あなたはこう思うかもしれない。「ああ、それはけっこう。やりがいは確かにすばらしいとは思うが、それはどこで手に入るんだ？　アマゾンであちこち探したけれど、どこにも見つからない。アマゾン・プライムにも入っているのに」。それなら、もしあなたが今、転職を検討中だったり、これから社会に出るにどの進路を選ぶか決めようと悩んでいる最中だったりするのであれば、ペイスケールが実施した研究からヒントを得られるだろう。ペイスケール（PayScale）はアメリカの会社で、この会社では、1万以上のユニークな職種について 5000 万人以上から給与とキャリアに関するビッグデータを集めている。このデータを使えば賃金格差と給与レベルについて調査できるほか、人々が持つ仕事への満足度とやりがいも調べることができる。十分なデータのある 500 以上の職種のうち、最もやりがいがあるのは聖職者で、98 パーセントがとてもやりがいがあると回答している。2 位は教師で、3 位は外科医だ。

　それに、上位 30 位までを調べると、明確なパターンがあるのにも気づく。教育と健康分野（体の健康と心の健康の両方）での仕事が上位を占めているのだ。その一方で、意外な職種も入っている。例えば上水・下水処理施設オペレーターは 29 位で、私はこの仕事が 30 位以内に入っているとは予想していなかった。けれども、入っていてよかったと思っている。

037

やりがいのある仕事トップ25

仕事にとてもやりがいがあると思っている人の割合

1	聖職者 98%	
2	高等教育での英語・英文学教師 96%	
3	外科医 96%	
4	宗教活動・宗教教育の指導員 96%	
5	小・中・高等学校の教育事務職員 95%	
6	放射線療法士 93%	
7	カイロプラクター 92%	
8	精神科医 92%	
9	麻酔科医 91%	
10	リハビリテーションカウンセラー 91%	
11	作業療法士 91%	
12	幼稚園の教諭（特殊教育を除く） 91%	
13	疫学者 91%	
14	言語聴覚士 90%	
15	その他のカウンセラー 90%	

16	家庭医・総合診療医　90%
17	医療機器技術者　90%
18	警察の第一線監督者／責任者　90%
19	理学療法士　90%
20	幼稚園・保育園の教育事務職員　90%
21	その他の医師　89%
22	メンタルヘルスカウンセラー　89%
23	総合小児科医　88%
24	臨床心理士・カウンセリング心理士・学校心理士　88%
25	指揮者・作曲家　88%

　500ある職種の最下位層に位置しているのは、駐車場係、カジノのフロアマネージャー、レンタルショップの接客担当で、やりがいは順に5パーセント、20パーセント、26パーセントだ。もちろん、だからと言ってこうした仕事にやりがいは見つけられないとか、仕事に高い満足度を得られないとかいうことではない（私が駐車場係だったら、ポッドキャストをしこたま聞く）が、やりがいのある仕事を見つけたいのなら、その最有力候補は何らかの方法で人々を助ける仕事のようだ。

　これからどんな職業に就くか決めようとしているのなら、このリストは役立つだろうが、もし現に駐車場係かレンタルショップの接客担当だったり、すでに退職したりしている場合は、どうすればいいだろう？　たぶん、採れる方策の1つは、賃金労働以外の場所でやりがいを探すことではないかと思う。

ボランティアのやりがい

　デンマーク人は、約40パーセントがボランティア活動や慈善活動に携わっている。バドミントンのコーチをしたり、ボーイスカウトを指導したり、高齢者をバイクに乗せて子ども時代を過ごした場所に連れていったりと、すばらしい取り組みがたくさん実践されている。こうした活動をするのは、世の中をよくするためであったり、その活動が楽しいからだったり、コミュニティーの一員となるためであったりする（私自身、20年前に青年赤十字奉仕団で出会った人たちとは今でも仲よくしている）。

　幸福の調査から分かったのは、ボランティア活動に参加している人は、そうでない人よりも幸福度を高く回答していることだ。その理由としては、目的意識が高まっていること、友人を増やしていること、一部のボランティア活動では恵まれない人たちの生活を直接見聞きすること——それによって、今の自分の生活すべてにもっと感謝するようになる人もいる——などが挙げられる。それから、ボランティア活動はアイデンティティーに新たな層を加える効果もあるようだ。前の章で、失業すると幸福度が大きく落ちるという話をしたのを覚えていると思う。ところが、失業した人がボランティア活動に従事していた場合、幸福度の落ち込みはそれほど大きくないのだ。確かに給料はもらえなくなったが、それでもボランティア活動をしていれば、目的意識を感じ、人間関係を維持し、「それで、お仕事は何を？」という質問にも答えられる。

「ボランティア活動に興味はあるけれど、どこから始めたらいいか分からない」という人は、地元でボランティア活動に参加するチャンスがないかインターネットで調べてみるといい。もっとも、誰もがボランティア活動にかかわる時間があるわけでもないし、ボランティア活動で新たなやりがいを見つけられるとも限らない。そんな場合に採れるもう1つの方策は、自分の賃金労働に対する考え方を改めることだろう。

ジョブ・クラフティング

　わたしは昔7年間ほど、毎年12月にクリスマスツリーを売っていたことがある（経験者から一言：クリスマスツリーがいちばんよく売れる月は12月だ）。友人のイェスと私は、デンマークの農村地帯で木を買うと、コペンハーゲンまで運んで2倍の値段で売った。仕事はとても楽しかった。屋外に出て、斧とノコギリと金づちと釘を手に作業したし、私たちの小さな店はコペンハーゲン中心部に昔からある美しい広場に位置していた。その店に毎年同じご婦人が、孫たちのためクリスマスのちょっとした魔法を求めてやってきていた。家族を連れて来店し、私は前もって愛情あふれる特別な家族、つまりご婦人の家族のために非の打ちどころのないクリスマスツリーを隠しておくのだった。

　この仕事でもう1つ気に入っていた点は、値段を好きに決められることだった。オシャレな男が1本のツリーを指さして「ベンツのトランクに入れてくれ」と言ってから「値段はいくらだ？」と尋ねてきたときと、ひとり親らしい客が値段について質問した後で小さい方のツリーを選んだときとでは、私が教える金額は違っていた。クリスマスにロビン・フッドぽい義俠心をちょっとばかり加えることで、仕事はいっそう楽しいものになったと、私は思っていた。当時は知らなかったが、私は知らず知らずのうちに「ジョブ・クラフティング」なるものを実践していたのであった。

　現在、「自分の仕事を違った視点で見ることによって、仕事への満足度を高める道を切り開くことができる」と示唆する研究が増えている。仕事への見方を変える行為は「ジョブ・クラフティング」と呼ばれている。そう名づけたのは、現在イェール大学経営大学院で組織行動学の教授を務めるエイミー・レズネスキーと、ミシガン大学ロス経営大学院の経営学と心理学の名誉教授ジェーン・ダットンで、この問題に関する2人の研究が最初

に発表されたのは 20 年以上前のことだ。彼女たちは、技術者、病院の清掃係、工場労働者、および女性の権利を擁護する非営利団体の職員を対象に調査を実施した。

　レズネスキーらは、病院の清掃係たちのあいだに重要な違いがあることに気がついた。自分たちを単なる清掃員と思っている者たちがいる一方で、清掃以外の役割も大事にしようとする者がいたし、さらには職務内容に含まれない、例えば周りの人を笑わせるという仕事を作り出そうとする者さえいた。この「周りの人を笑わせる仕事を作り出した」というのは、レズネスキーが調査中に話を聞いた、ある男性のことである。彼は病院の用務スタッフで、化学療法を受けて気分が悪くなった患者の嘔吐物を片づけるのが仕事だった。しかし彼は、嘔吐物の片づけは仕事の一部にすぎず、ほんとうの仕事つまり中心的な役割は、落ち込んでいる人を元気づけることだと考えていた。彼の仕事は、周りの人を笑わせることだった。患者が胃の中の物を床一面に吐いてしまって申し訳なく思っていると、彼はこんな鉄板ジョークを披露する。「どうぞ、遠慮なくやってください。私はそれでお給料をもらっているんですから。それに、今度もっといっぱい床に戻してもらえたら、残業手当がつくかもしれないし」。

　私たちは全員、やらなくてはならないタスクをたくさん抱えている。それでも多くの人には仕事で実際に行なう内容を見直すことで凝り固まった思考から抜け出し、楽しめることをもっと仕事に組み込める可能性があるのだ。

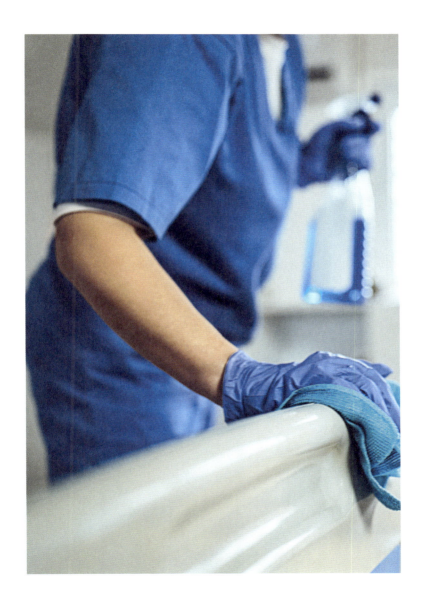

幸福へのアドバイス
スマイル・ファイル

　先日私は、以前ハピネス・リサーチ研究所でインターンをしていた女性からメッセージを受け取った。研究所の創立 10 周年を祝うメッセージだ。そのメッセージで彼女は、2014 年に私たちと働いた経験は今も生きていると教えてくれた。いわく「今もウォーク＆トークに参加していますし、社員食堂では野菜料理を選んでいます。それに、マリアとキャータンとは今も連絡を取り合っています」。これを読んで私は幸せな気分になり、すぐに「スマイル・ファイル」に書き込んだ。

　私が初めて「スマイル・ファイル」のアイデアを知ったのは、ルビー・レセプショニスツという会社が 2015 年に雑誌「フォーチュン」で「アメリカで働きたい中小企業」の第 1 位に選ばれたときだった。当時この会社はさまざまな取り組みを実践していて、その 1 つとして、新採用の従業員に「スマイル・ファイル」と名づけたノートを渡し、同僚や顧客、上司からほめられたら、そのことをこのノートに書き記すよう奨励していたのである。ほめられた内容を、ノートに書いたり、パソコンやスマホのフォルダーに保存したりしておいて、仕事がうまくいかない日に見直すのは、お金はかからないし、手軽だし、それに何より役に立つ。

専門家からのアドバイス :「スマイル・ファイル」は、就職面接や勤務評定を間近に控えているときにも、目を通すとほんとうに役に立つ。私たちは、自分で自分をいちばんひどく批判することが多いし、ほめられたことよりも批判されたことを、ずっとよく覚えているものだ。だから「スマイル・ファイル」は、ほめられたことを忘れないようにするのによい方法だ。

　また、だからこそ、同僚や納入業者や上司をほめたいと思ったときは（上司だって人間だ）、その気持ちを文字に書いて伝えた方がいい。仕事が何であれ、自分の周りにいい影響を与えた証拠をすべて集めるのは、仕事にやりがいを感じられるようにするための、ちょっとしたコツなのだ。

やりがいは仕事での幸福だけにとどまらない

　この本では仕事での幸福を探求している。でも私は、幸福の研究者である以上、目的とやりがいが幸福全般にとっても重要であることを強調しなくてはと思っている。

　目的は、私たちの幸せの中核をなすものであり、そのため私を含む幸福研究者たちは、幸福度や人生のよさを測定する際、やりがいや目的にまつわる具体的な次元を含めることが多い。これは別に目新しいことではない。私の研究分野の大先輩アリストテレスは、幸福について多くのことを書き残していて、彼の言葉とされる「幸福とは、生きる意味および目的であり、人間が目指すべき目標そのものである」は、現代でもそのとおりだと思う。もちろん、ここでも私の意見が偏っているのは百も承知だ。アリストテレスにとって幸福とは、正しいことを行ない、正義と徳を実践する、やりがいと目的に満ちた人生のことである。そのため、この次元を幸福研究では、アリストテレスが幸福を指すのに使った古典ギリシャ語から「エウダイモニア次元」または単に「エウダイモニア」と呼ぶことが多い。そしてこれは、「幸福とは快楽である」とする伝統的な考え方、つまり快楽主義とは相反するものだと一般的に考えられている。

　快楽主義は何かと評判が悪いが、私としては、人生には両方の要素が必要だと主張したい。私にとってよい人生とは、目的意識だけでなく、健全な量の快楽も含むものだ。しかし、ほとんどの人は目的とやりがいを見過ごしていて、そのせいで人生への満足度が下がってしまうことがある。そのため、この次元について理解し、自分はどうかと確認することが重要になる。「やりがいについて、自分の現状はどうだろう？」。そんな複雑でたいへんな疑問に取り組むには、エウダイモニア次元の幸せに関するアンケートに出てくる質問を検討するのが有効だろう。

例えば、次に掲げる文章それぞれについて、あなたなら０点（まったくそう思わない）から４点（とてもそう思う）で何点をつけるだろうか？

　私は、毎日やっていることの多くに熱心に取り組んでいると思う。

　私は、ほんとうの自分が何者か分かっていると思う。

　自分のしていることに他人が感心するかどうかよりも、自分がほんとうに楽しんでやっているかの方が重要だ。

　私の人生の中心には、人生にやりがいを与えてくれる、核となる信念が存在している。

　自分の人生で何をすべきか分かっている。

　私は、自分の最も優れた潜在能力が何なのか分かっていると考えていて、その能力をできるだけ伸ばそうと努力している。

　努力をたっぷり注ぎ込む価値のあることをやっているときが、いちばん楽しい。

　自分の最も優れた潜在能力を生かせる活動に携わっていると、元気いっぱいだと感じる。

　私は、人生の目的を見つけたと思っている。

　私は、ほかの人が自分の仕事にあれほど一生懸命取り組んでいる理由を理解できる。

合計

もし合計が 20 点以下なら、この章を読み直して、どうすれば仕事のやりがいや人生の生きがいを増やせるか、考えた方がいいかもしれない。

スペシャリスタナ

「私の息子は3歳のとき、自閉症と診断されました」と、スペシャリスタナ社の創業者で代表のトーキル・ソネは語っている。

息子の将来がどんなものになるか、トーキルはいろいろ読んで調べてみた。その結果は、お世辞にも明るいとは言えなかった。自閉症の人は、そうでない人よりも、学校でいじめられたり、退学したり、労働市場からはじかれたりする可能性が高かったのだ。EUでは、障害のせいで働く能力に制限があると申告している人のうち、雇用されているのは40パーセント以下である。アメリカでは、障害のある人のうち働いているのは20パーセントにも満たない。

「ですが、私は息子にもみんなと同じ機会があってほしいと思ったのです」。当時、トーキルはIT企業でテクニカルディレクターを務めていて、自閉症の人のスキルが資産としてどれほど過小評価されているかを知ることができた。また、ニューロダイバージェント（神経発達が多様）な人々には高いスキルを持った人が大勢いて、社会に貢献したいと思っているのに、彼らの能力は見過ごされていて、それは当のニューロダイバージェントな人にとってだけでなく、雇用者にとっても損失になっていることにも気づくことができた。

そこでトーキルは2004年に、ニューロダイバージェントな人々を好条件の仕事とマッチングさせて、彼らが職場で活躍できるよう後押しすることを目的とする会社スペシャリスタナ（Specialisterne。デンマーク語で「あのスペシャリストたち」——英語なら「The Specialists」——という意味）を設立した。

「わが社は、共通理解のための場所と、自閉症の人たちが職場で輝ける場所を作り出しています。まず、自閉症の人たちを、個人的なビジネスプロフィールという角度から理解しようとします。そして、時間をかけて当人のコンフォートゾーン［ストレスなくいられる心理的な安全領域］を作り、彼らのモチベーションと、就労能力、職業スキル、対人スキルを知り、そうした知識をまとめたら、会社の管理職に渡して、上司・同僚・人事部と協力して適切な職場環境を作ってもらえるようにしているのです」。

トーキルと同僚たちは、「才能のある人を社会全体から引き寄せる職場は、誰にとってもよりよい職場だ」と考えている。それに、比較的インクルーシブな（つまり多様性を受け入れる包括性のある）職場は事業も好調であることを示す証拠も存在する。「社会的責任は、好調な事業をもっと好調にする」と語るのはラース・ヤニク・ヨハンセンだ。ラースは、社会へのよい影響で魅力的な収益を生み出すことを目指す会社デン・ソシェーレ・カピタルファンド（Den Sociale Kapitalfond。「社会的キャピタルファンド」という意味）の創業者・共同経営者だ。ちなみに白状すると、ラースは私の昔の上司で、彼とは今でもコペンハーゲンの運河沿いにある彼のオフィスで定期的に会って、コーヒーをおいしくいただいている。2011 年以来、デン・ソシェーレ・カピタルファンドは、社会的影響力のある会社150 社以上を相手に投資や提携を進めていて、最新の投資信託では年間 37パーセントの投資粗利益率を上げている。これこそ、社会的影響が財務実績と矛盾しないという考えが正しい証拠だ。社会的包括性とは、人々の潜在能力に注目し、それによって企業文化を強化し、職場の魅力を高め、会社のブランド化を推進することを意味する。つまりラースの言葉を借りれば、「社会的包括性は、質の高い企業リーダーシップを測る指標」なのだ。

スペシャリスタナは、2024 年時点で 13 か国に事務所を置いて活動していて、異なる能力を持った人々のため、これまでに 1 万以上の仕事を作り出してきた。そんな同社の目標は、社会的起業と、民間企業の積極的な取り組み、およびグローバル規模での意識変革をとおして、ニューロダイバージェントな人々 100 万人のためにやりがいのある勤め先を生み出すことである。

進捗の法則

　進捗つまり仕事が進んでいるという感覚は、誰にとっても重要だ。障害を乗り越えて前に進むと満足感が得られる。「あのバグをつぶした」と、トムは日誌に書き込んだ。トムはコンピュータープログラマーで、制作中のソフトウェアでバグを修正するのに取り組んでいた。日誌には、続けてこう書かれている。「ほぼ丸々1週間、僕を悩まし続けていたバグだ。ほかの人には一大事なんかじゃないかもしれない。でも、僕はとても単調な生活を送っているから、もう大興奮だ。このことはまだ誰もまったく知らない。同じチームのメンバー3人は今日は会社に来ていないから、僕はひとりここに座って、ニンマリと喜びをかみしめるしかない」。

　このトムの物語は、7つの異なる企業の従業員238名が記した日誌約1万2000件の1つであり、これらの日誌は、ハーバード・ビジネス・スクール経営学教授テレサ・アマビールが、職場環境がモチベーションにどのような影響を与えるかを研究するため集めたものだ。トムにとって仕事で最高だった日は、この研究で1万件以上の日誌を分析して得られた主要な発見のシンボルだった。発見した内容は、「進捗の法則」と名づけられた。

　アマビールと彼女の共同研究者たちが発見したのは、小さな勝利の力だった。アマビールによると、「仕事中に『感情』『モチベーション』『認識』を高める可能性があるすべての要素のうち、最も重要なのは『有意義な［やりがいのある］仕事の進捗を図る』ことである」という［テレサ M. アマビール、スティーブン J. クレイマー「進捗の法則」（DIAMOND ハーバード・ビジネス・レビュー2012年2月号所収）より訳文引用］。どんなに小さくても1歩前進すれば、気持ちが大きく高揚する。言い換えれば、プロジェクトにとっては小さな1歩でも、仕事での幸福にとっては大きな飛躍となりうるのだ。そんな日はいつだって仕事で最高の日になる。それとは逆に、仕事で最悪の日を分

析すると、何より最も突出した原因は、進捗を妨げる障害だと分かった。

　私は、本の執筆・出版プロジェクトのように何か大きな仕事に取り組むときは、進捗の法則を好んで活用している。毎日、語数にしてどのくらい進捗したかを計算するのだ。そうすることで、日々ちょっとした進捗に気づき、ささやかな達成感を得ることができるのである。

ハッピーワーク

☐ 今の仕事に大きな目的が欠けていないか（世の中をよく
することに自分が役立っているだろうか？と自問してみよ
う）、あるいは小さな目的が欠けていないか（会社の中で自分
が担っている役割はやりがいがあるだろうか？）、考えてみよ
う。もし欠けているのなら、それを変えるためにできること
はないだろうか？

☐ ボランティア活動や本業以外の活動を、収入を増やすた
めでなく、やりがいを増やすために探そう。

☐ スマイル・ファイルを作ろう。これまでにあなたが受け
取った、いっしょに働く同僚や上司にいい影響を与えている
という証拠を、すべて集めよう。

☐ ジョブ・クラフティングを実践しよう。自分の仕事に別
の見方はないだろうか？　今の仕事には、大きくしたり重点
的に取り組んだりできる、やりがいのある要素はないだろう
か？

☐ 仕事の進捗状況を、どんなに小さなものであってもいい
ので、すべて記録しよう。心地よい達成感を得られれば、最
終目標に向かっていくモチベーションが湧いてくる。

CHAPTER 3

フラット、信頼、つながり

先日、私は近所のパン屋へ行った。注意力散漫な研究者である私は忘れ物をすることが多く、このときは財布を忘れてきていたが、どうしてもシナモンロールが食べたかった。ヒュッゲのちょっとした緊急事態だ。ありがたいことに、このとき店で働いていたのはフライアで、彼女は私のことをとてもよく知っている。私が店先に自転車を駐めているのを見ただけで、私が飲むコーヒーを入れ始めてくれることもある。そういうわけで、財布を忘れたのは問題にならなかった。私が翌日に払いに来ると彼女は分かっていたからだ。

これは、信頼が人生をもっと心地よいものにする様子を示す、分かりやすい実例だ。相手とのやり取りやつきあいがもっと順調に進むようにしてくれる潤滑油になっている。彼らが私の名前を知っていて、私も彼らの名前と彼らについてのちょっとした情報を知っていることが、役に立っている。例えば、フライアの父親は病院で働いている。私の行きつけのカフェで働いているスィーネは、ヘッドホンをしたまま注文する客が嫌いだし、私がよく行く魚屋は、客が子ども連れだと魚肉団子を子どもにタダでプレゼントする。

信頼は、デンマークだけでなく北欧5か国の特徴である（それともう1つ、ニシンの酢漬けが大好きなことも共通の特徴だ）。デンマーク、スウェーデン、ノルウェー、フィンランド、アイスランドは、どの国も信頼のレベルが高い。近隣の住民や警察、政府への信頼があるし、上司と従業員とのあいだにも信頼がある。デンマーク人は、職場の上司は正しいことをすると信頼しているし、上司も従業員を信頼している。従業員は、誰に監視されていなくても、責任を持って自分の仕事をすると思われているのだ。

欧州社会調査によると、デンマーク人はヨーロッパ36か国中、最も信頼し合っている国民である。調査では、「ほとんどの人は信頼できると思いますか？」という質問に、「どこまでも警戒するべきだ」を0点、「ほとんどの

デンマーク	ノルウェー	フィンランド	アイスランド	スウェーデン
6.92	6.69	6.61	6.26	6.20

人は信頼できる」を10点として、自分の考えは10点中何点かで回答してもらうことで、信頼度を測定した。その結果、1位のデンマークは平均6.92点で、2位以降は他の北欧諸国が続いた。

「私たちの相互信頼度が前代未聞なほど高い水準だという点で、デンマークにはきわめて注目に値するユニークなものがある。そのおかげで、この国の社会はより豊かになっているんだ」と、ゲアト・ティングゴー・スヴェンセンは語る。「おかげで私たちは、お互いを絶えず管理したり監視したりせずに済んでいる。それに、管理はお金がかかる。ほんとうに高くつくんだ」。

　私は、コペンハーゲンのハピネス・ミュージアムの近くにある小さなカフェでゲアトと会っていた。彼はデンマークにあるオーフス大学の政治学教授で、信頼についてはたぶん誰よりも詳しい世界屈指の専門家だ。座右の銘は「管理はよい。信頼はもっと安くつく」である。

「私がこのことに興味を持ったのは、若いころ、1990年代にアメリカのメリーランド大学へ行ったからだ。そのとき指導教官のマンサー・オルソンから、『デンマークなどの北欧諸国は経済面や社会面でどうしてあんなにうまくやれているのか？』とか、そういった質問をしょっちゅうされてね。私はきちんと答えられなかった。ノーベル経済学賞を受賞したダグラス・ノースとも会ったけれど、彼も同じようにデンマークについて私に質問し始めた。彼も、そのほかの人たちも、いわゆる〝北欧の謎〟に興味を持っていたのさ。デンマークには、何か秘密の資源があったのか？　それとも秘伝のタレ？　さすがの私もムッとしたよ！　こっちはアメリカに勉強しに来たのに、向こうは誰もがデンマークについて知りたがったんだからね」。

　ゲアトは、帰国後もこうした質問に悩まされ続け——そして、本格的に取り組む気になった。彼は、北欧の謎を解くカギは、経済学者がほとんど目を向けない部分にあるのではないかと考えた。地中に埋まる資源でもなければ、人々に授けられる教育でもなく、人々のあいだの関係にあるのではないか。そして打ち立てたのが、答えは信頼にあるという仮説だった。

「北欧諸国には信頼が途方もなくたくさんあるからね」とゲアトは言う。

　信頼があるから、乳母車に乗せた赤ん坊をカフェの外で眠らせたまま、両親が店内でコーヒーを楽しむ様子を見かけることがある。信頼があるから、道路沿いにベリーやフルーツや野菜をたくさん置いた無人販売所を見かけることがある。代金は備えつけの瓶に入れるか、スマホで決済すればいい。

　信頼は幸福にとって大切なものだ。なぜなら、信頼があれば毎日がもっと心地よくなり、心配事は減るからだ。だが、それだけでなく、信頼は職場にもプラスの効果をもたらす。ところで、北欧諸国は信頼にかけては世界トップクラスで、それは確かに名誉なことなのだけれど、信頼できる人は世界中にいるし、その数は私たちが想像するよりはるかに多い。研究者は、信頼性を測定するのに、現金の入った財布と、その財布の持ち主の身分証明書または電話番号を放置し、どのくらいの数の財布が現金の入ったまま戻ってくるかを調べることがある。最大規模の研究では、世界各地で1万7000個の財布が落とされ、平均で財布の50パーセントが、現金は手つかずのまま戻ってきた。おもしろいのは、「お金が入ったまま戻ってきた財布は全体の何パーセントだと思いますか？」という質問に、たいていの人は実際より低い数字を答えることだ。だから、今よりもっと他人を信頼していいのかもしれない。少なくとも職場では、見返りは大きいだろう。でも実際のところ、信頼に対する投資利益率は、正確にはどれくらいなのだろうか？

信頼の投資利益率

従業員「あれ、課長、何だかお疲れのようですね。よく眠れていますか？　少しばかりストレスを感じているんじゃないですか？」

上司「いやいや、私は大丈夫だ。ほんとうに大丈夫だ。仕事もバリバリやっているし」

従業員「それはよかった。ところで、ノルウェーのビジネス・スクールのアストリッド・リカルセン教授が管理職約3000人を対象に行なった研究のことは聞いていますか？」

上司「ああ。だが、君の意見をぜひ聞きたいね」

従業員「その研究で分かったのは、管理職が従業員に抱いている信頼度が、その管理職がストレスと診断されるかどうかの指標になるということです。リカルセン教授によると、従業員を高く信頼している管理職の方が部下に仕事を任せるのがうまく、そのため自分自身の仕事量とストレス量を減らすことができるのだそうです」

　管理することで一握りの怠け者が一生懸命働くようになっても、従業員の大半が管理されることを嫌い、信頼されていないことに怒って、もう真面目に働くものかと思ってしまうかもしれない。

　雑誌「ハーバード・ビジネス・レビュー」に掲載された数々の研究によると、企業が従業員を信頼することに決めると、従業員の生産性と仕事の質が上がるという。だから、信頼で利益を得るのは管理職だけではないのだ。

社内での信頼度が高い企業の従業員を、低い企業の従業員と比較すると、次のようなことが分かると研究者たちは指摘している。

それに自分の仕事を楽しんでいる度合いも、信頼度の高い企業で働いている人の方が 60 パーセント大きい。

たぶん、だからこそ社内信頼度の高い組織の従業員には、自分の職場を家族や友人に勧めようとする人が 88 パーセント多く、翌年も今の会社にとどまろうと考えている人が 50 パーセント多いのだろう。

つまり、社内信頼度の高い組織で働くことにはよい点がたくさんあり、だからどの企業も信頼を築きたいと考えているのだ。

ただ、これは多くの企業にとって初めて聞く話ではない。2016 年、PwC（プライスウォーターハウスクーパース）がグローバル CEO を対象に調査を実施したところ、55 パーセントが信頼の欠如は組織の成長にとって脅威だと考えていることが分かった。しかし、大多数は自分の組織で信頼度を高める努力をまったく、またはほとんどしていなかった。たぶんそれは、彼らがどこからどうやって始めればいいか分からないからだろう。

よろしい。信頼は大切だ。でも、どうすれば手に入るのだろう？　信頼はどうやって築けばいいのだろう？

幸福へのアドバイス
職場で信頼を築く5つの方法

1. 誠実であること。ウソをつけば、信頼はあっという間に崩れ去る。誠実であることは、信頼を築く第1歩だ。もし間違ったことをしてしまったら、正直にそう言おう。問題の答えが分からなかったら、助けを呼ぼう。私には分からないと正直に認めれば、周りの人はたいてい喜んで手を貸してくれる。

2. 親身になって話を聞くこと。周りの人から信頼してもらうには、周りからあなたが「話を聞いてくれる」「分かってくれる」「理解してくれる」と思われることが欠かせない。

3. 長い目で見た関係を大切にすること。長期的な関係やつながりを築いて、それを維持していこう。従業員たちがお互いにつながりを作って関係を築ける機会を増やそう。帰属意識や一体感を深められそうな活動に参加しよう。

4. 約束を守ること。自分から「○○をする」と言ったら、必ずやろう。言ったことを守らなければ、信頼は崩れていく。組織の規模が小さいと、その分、約束を守らなかった場合の制裁は大きくなるらしい。たぶんそれも理由の1つで、デンマークでの信頼度は比較的高いのだろう。デンマークは小さな国だ。人口は590万人で、国土は南北に350キロメートル、東西に450キロメートルしかなく、子どものころいっしょに学校に通っていた人とばったり会ってもおかしくない国なのだ。だから、約束を守らなかったり、不誠実な振る舞いをしたりすると、社会的制裁を受ける可能性が高い。

5. 時間をかけること。信頼は、時間をかけて積み上げられて、やがて「何かあったら誰かが支えてくれる」という信念を生み出し、ほかの人と仕事をするときに安心感を与えてくれるのだ。

フラットなピラミッド

　ここまで見てきたとおり、職場で信頼を築くためにできることはいくつかあるが、これがいわゆる「フラットな」組織だと、信頼を醸成するのがグッと簡単になる。

　世界経済フォーラムが発表している「世界競争力報告書」によると、デンマークは世界約 140 か国のうち、職場での上下関係が最もフラットな国の１つで、実際「世界でいちばん職場がフラット」と言われることもある。「上下関係がフラット」とは、職場での肩書に関係なく誰もが自分の意見や考えを率直に述べるよう推奨され、その権利が認められているということだ。その根底には「もし決定を下すときに意見を聞いてもらえないのなら、そんな決定に従う道理はない」という考えがある。フラットな職場では誰とでも——もちろん相手が上司であっても——ファーストネームで呼び合うが、その場合、職場では誰が上司か分かりにくくなりがちだ。

　先日、友人（で、テニスでの最大のライバルでもある）イブが、これが実際だとどんなふうになるのかが分かる職場でのエピソードを教えてくれた。その日はデンマーク人でない新たな同僚の初出勤日で、イブは彼を連れて何人かの同僚たちといっしょに社員食堂でランチを食べていた。全員が IT 部門の人間だ。そこへ、アロハシャツを着た男性が１人加わった。国民全員がふだんは黒のスーツ姿で、ときおりオシャレのため黒より派手なグレーのスーツを着る国にあって、アロハシャツとはずいぶん大胆な服装だ。なので、みんなはこの男性をからかいだした。「今朝の波はどうだった、ブライアン？」「またランチにパイナップルを持ってきたのかい、ブライアン？」「今日は洗濯の日かい、ブライアン？」といった感じだったのだろう。翌日、重大発表があり、全社員が CEO の話を聞くため集まった。やがて、前日アロハを着ていた男性が、今日はビシッとしたスーツ姿でス

テージに上がった。そして話を始めたのだ。「あの男性は誰？」と新たな同僚はイブに尋ねた。「あれはブライアン、うちのCEOだよ」とイブ。「いや、真面目な話、あれ誰？」。イブの新たな同僚は、CEOが従業員といっしょにランチを食べるばかりか、からかわれても怒らないなんて、とても信じられなかった。デンマークでは、同僚や上司といっしょにランチを取るのは当たり前と考えられている。ひとりコンピューターの前に座って食べたりはしないのだ。いっしょのランチは人と人とをつなげる効果があるし、上下の垣根をすぐに取り払ってくれる。

　かつてデンマークの元首相ポール・ニューロップ・ラスムセンは、デンマーク人が片手にナイフを握っているとき、反対の手にはたいていフォークを持っていると言ったことがある。もちろんブラックジョークだが、それはさておき、食べるのが嫌いな人はいない。けれどデンマークでは、職場でのランチはライ麦パンにニシンの酢漬けをのせてムシャムシャ食べる場であるだけでなく、仕事以外の話題で同僚とつながりを作り、連帯感を生み出す機会でもあるのだ。

　部下と上司の垣根を越えていっしょにランチを取ることがどれほど重要かは、そうした機会がなくなったとき、とてもはっきり見えてくるようだ。私の親友に、デンマークで育ったのではないが、数千人の従業員を抱えるデンマークの大企業に勤めていた者がいて、彼は常々、CEOがふだんから社員食堂でランチを食べるのはとてもクールなことだと考えていた。CEOは、毎回違ったテーブルに座り、社員たちと仕事のことやプライベートについて雑談を交わしていた。そうすることでCEOは会社のことを何から何まで知ることができるし、社員たちは、自分たちはみんな同じ立場だと感じ、CEOにもっと気軽に話しかけることができた。ところが、このCEOが会社を去って後任がやってくると──CEOの姿は突然どこにも見えなくなった。社員食堂にはやってこず、いつもひとり自分のオフィスでランチを食べていた。やがて会社の雰囲気が変わり始めた。上下関係が厳しくなった気がするのだ。それからすぐに友人は会社を辞めた。彼は、私が知る中でもとびきり頭脳明晰で、ものすごい働き者だ。どんな会社も彼のような人物を引き留めておくためなら、きっと何だってやるだろう。

権力格差

　思うに、この新 CEO が自分のオフィスでランチを食べ始めた時点で、デンマークは権力格差の指数が 1 ポイント上昇したに違いない。権力格差とは、「ある国の組織において権力の弱いメンバーが、権力が不平等に分布している状態を当然のこととして容認している程度」と定義される。モンティ・パイソンの映画に出てくるセリフを借りて言えば、「あなたは私の王ではない。私はあなたに投票しなかった」指数だ。

　この指数は、権力を持つ人と持たない人とのあいだに存在する——そして、容認されている——格差の度合いを測定するのに使われる。数値が高いと、その社会では権力が上位と下位に不平等に分布していることが容認されていて、人々が制度の中での「自分の立場」を理解しているということになる。ホフステード・インサイツ社（現ザ・カルチャー・ファクター）が実施した調査では、各国の指数は以下のとおりだった。

デンマーク	18
アイスランド	30
ノルウェー	31
フィンランド	33
イギリス	35
ドイツ	35
オランダ	38
カナダ	39
アメリカ	40
イタリア	50
日本	54
スペイン	57
チェコ	57
ギリシャ	60
フランス	68
ポーランド	68
ブルガリア	70
インド	77
中国	80
ウクライナ	92
ロシア	93

デンマークでいちばんフラットな組織は、コペンハーゲンに拠点を置く2002 年創業の建設会社ロギーク社だろう。この会社に上司はいない。会社の戦略は全従業員がいっしょに決める。全員が最高幹部であり、入札に参加するかどうかや、どの資材を使うか、さらには、会社の経営が苦しくなったら誰をレイオフするかに至るまで、みんなで議論する。レイオフの議論では、一部の従業員が自ら自宅待機を申し出ることもあれば、みんながいっせいに減給に応じることもあるだろう。ちなみに給料は、大工も経理担当も関係なく全員が同額だ。従業員数はだいたい 55 人で、売上高は6000 ～ 8000 万デンマーク・クローネ——平均すれば約 800 万英ポンド（日本円で約 16 億円）である。社会的責任を積極的に果たしていることでも知られていて、過去に失業した経験のある人をたびたび採用している。

　この会社の話は、多くの人にとっては現実のものと思えないかもしれないが、本書で探求している数々の要素——その中でも信頼は重要な要素だ——がすべてそろうと職場がどう機能するかを示す格好の例だ。だから、自分がこの会社と同じような職場で働くことはこの先ないだろうと思う人も当然いるだろうけれど、もしもあなたが事業主なら、この事例から何かヒントを得ることができるだろうし、いつか事業主になったときにヒントにしてもらってもいい。世界一幸せな人のように働きたいのなら、まずは、そうした働き方は実現可能だと信じなくてはならない。

友だちからのちょっとした手助けで
私は（仕事への満足度が）ハイになる

　ここまでで、信頼度の高いフラットな上下関係が仕事で幸福を感じる一因であることは分かってもらえたと思う。けれど、フラットな上下関係を実現させるには要素がもう1つ必要だ。その要素とは、善良な人たちである。いろいろな人に仕事で幸福を感じる理由をズバリ尋ねたときに、いちばんよく返ってくるのは「同僚です」という答えだ。それは当然だと思う。私たちの多くは、家族よりも同僚と頻繁に顔を合わせていて、だから同僚との関係を良好にするのは仕事で幸せを感じるためのカギとなる。

　この件について、自分自身に問いかけなくてはならない重要な質問がある。「職場に親友はいるだろうか？」

　ただし、ここで言う親友とは無二の親友のことだ。「ああ、このあいだ経理のマークとビールを飲んだぜ」という友人ではなく、『指輪物語』で言えばフロドとサム、漫画で言えばカルビンとホッブス、『高慢と偏見』で言えばシャーロット・ルーカスとエリザベス・ベネット、ついでに言えば私とパンケーキといった、ほんとうの親友を指している。そう、親友とは、あなたの幸運を祈り、あなたを守り、あなたが指輪を滅びの山の火口に投げ捨てに行く——じゃなかった、例の報告書を上司に提出するのを助ける人物のことである。

　雑誌「ハーバード・ビジネス・レビュー」には、ギャラップ社が集めたデータに関する記事があり、それによると、もし職場に親友がいれば、生産性が上がり、健康が高まり、そして——本書にとっては何より重要な点だが——仕事への満足度が高くなるという。

親友がそばにいれば仕事にいっそう幸せを感じるというのは、とても筋が通っている。だが、職場に親友がいる人の方がいない人よりはるかに熱心に仕事に取り組むというのは、私にとっては意外だった。もしも私が親友といっしょに働いていたら、仕事をせずにおしゃべりに興じ、20年前に米1キロと、サキソフォーン1台、ギター1本、空気銃2挺、テント1つ、チリガーリックソース1瓶だけを持ってスウェーデンへ4日間の徒歩旅行に出かけた話で盛り上がるだろう。この徒歩旅行、2日目には全員がケーキを食べたくなって、その話ばかりしていた。それから別の徒歩旅行では、ミゲルの靴に火がついたこともあった。おっと、話がそれた。仕事に、ではなく本筋に戻ろう。

　ギャラップ社によると、女性の場合、職場に親友がいると強く感じている人のうち仕事に熱心に取り組んでいるのは63パーセントで、そう感じていない人の29パーセントと比べて倍以上になっている。

　残念なことに、アメリカでは職場に親友がいると答える従業員は10人中2人しかおらず、そのため各企業は損をしている。ギャラップ社の計算では、職場に親友がいると思っている人が10人中6人いれば、企業は利益が12パーセント増え、安全にかかわる事故が36パーセント減り、固定客が7パーセント増えるそうだ。

　同僚と個人レベルでもっと強いつながりを感じることは、会社にとって

よいだけでなく、あなたにとっても、長期的にもっと大きな幸福を生み出すことになるだろう。人が入れ替わり、会社が倒産することはあっても、友情は変わらない。さらに職場に親友がいる利点として、今の職場を辞職するか退職するかレイオフされるか、とにかく仕事を辞めた後も友情が続くかもしれないことが挙げられる。実際、私が現在仲よくしている友人の何人かは、昔の仕事で出会った人たちだ。

しかも、何かをやり遂げる上で友人が重要な役割を担うというのは、仕事の話だけにとどまらない。私たちは社会的動物であり、自分はチームの一員だと感じていれば、スポーツであれ勉強であれ仕事であれ、何かを最後までやり通せる可能性が高くなる。そのちょっとした証拠となるのが、世界中で1億人以上が使っている外国語学習アプリ Duolingo（デュオリンゴ）の報告だ。それによると、友人をフォローしている学習者は自分の外国語学習コースを修了できる可能性が5.6倍高いそうだ。学習者がお互いの進み具合をフォローし合い、マイルストーン（学習目標）に到達すれば、お互いをたたえ合う。Qué interesante, ¿no?（興味深いでしょう？）

ここまで読んで、あなたはこう思うかもしれない。「すごいぞ、私は職場に何人か友だちがいる。やったぁ！　これで私は、友だちがどれほど大切か、ほんとうに分かるようになるぞ」。あるいは、こう思っているかもしれない。「ちぇっ、だからおれは仕事で苦労しているのか。これからは仕事をすることよりも、人づきあいをちょっと優先させた方がいいかもしれない」「今の職場で友人を作ろうとしてきたけど、あんまり私と合わないのよね。ここが私にとっていちばんいい職場なのか、考えた方がいいのかも」。ふつう私たちは、仕事が持つ人づきあいという側面をあまり重視しておらず、職場で友人を作ることを、おまけのように考えがちだが、研究から分かるように、友だち作りは、仕事をどれだけうまくやれるかと、（それと同じくらい本書にとっては重要な）仕事をどれだけ楽しめるかを左右する重要な要素なのである。

では次に、仕事に対する私たちの気持ちを左右するほかの要素に目を向けることにしよう……

あなたは近いうちに今の会社を辞めそうだろうか？

　右ページに掲げたのは、ギャラップ社による、従業員として幸せになるための最も重要な12の条件だ。順に読んで「はい」か「いいえ」で答えてほしい。もし「いいえ」と答えた項目が多ければ、あなたは近いうちに会社を辞めたいと思っている可能性がある。その場合は、自分の方から動くことで「いいえ」を「はい」に変えられそうな項目がないか検討してもいいし、これをきっかけに今の仕事が自分に適しているのか考えてみてもいいだろう。私たちは誰もが、自分と自分の幸せをもっと優先させられるようにならなくてはいけない。

はい　いいえ

1. 私は、自分が職場で何を期待されているのか分かっている。

2. 私が自分の仕事をきちんとするのに必要な器材がそろっている。

3. 職場には、私が自分の仕事に毎日ベストを尽くせる機会がある。

4. 過去7日間に、私はいい仕事をして認められたり、ほめられたりしたことがあった。

5. 私は上司から人として気にかけてもらっていると思う。

6. 職場に私の成長を促してくれる人がいる。

7. 私の意見は職場で重視されていると思う。

8. 会社の使命や目的を見ると、自分の仕事は重要なのだと思える。

9. 私の同僚や仕事仲間は、質の高い仕事をすることに本気で取り組んでいる。

10. 私は職場に親友がいる。

11. 過去6か月間に、私は職場の人から仕事の進み具合について話しかけられたことがあった。

12. 過去1年間に、私が学習し成長する機会が職場にあった。

幸福へのアドバイス
誰と始めるかが大事

　頭の中で、これまでいっしょに働いたことのある人の中から最高の人たちばかりを選んでチームを結成してみよう。古い話になるが、2011年に私は「フォトラマ（Fotorama）」という雑誌を創刊した。当時、私は写真にものすごく興味があって、ワクワクしながら展覧会へ行ったり、写真家や彼らの活動についての文章を読んだりしていた。ところが、手に入る雑誌はどれもこれも写真の話は少なく、カメラの話がメインだった。そこで私は考えた。開催間近な写真展の紹介があったり、フォトジャーナリズムや写真史についての記事を読めたり、ライトペインティングのやり方を学んだりできる雑誌があってもいいんじゃないか。ええい、それなら自分たちで作っちゃおう。

　私は、この楽しいプロジェクトの実現に協力してくれそうな、うってつけの人物を何人か知っていた。リーセは一流のライターで、ラナとアネ・ソフィーは有能なアート・ディレクターだし、ミケールは販売活動の経験が豊富だった。そして幸運にも、4人とも私のアイデアにとても乗り気だった。雑誌の内容を作り、あちこちに支援を求めて数か月、ついに3000部が刷り上がり、市内のカフェに配布した。雑誌が3号まで出たところで、私はハピネス・リサーチ研究所を設立し、そこでの研究にすべての時間を投じることになった。それでも何かをゼロから作り上げるのは、ほんとうにやりがいのあることだったし、私は友人たちとクールなことをやるチャンスに恵まれた。こんなこと、好きにならないはずがない。

　というわけで、あなたも頭の中で、親友5人を集められたときのことを想像してみよう。どんなスキルが集まるだろう？　何を作れるだろう？　共通の関心事は何だろう？　どんなバカげたアイデアを思いついて、もっと多くの人が一致協力して共通のプロジェクトを推進するようにできるだろうか？　ギネス世界記録によると、史上最大の雪だるまはアメリカ・メーン州ベセルの住民が作ったものだそうだ。女性の雪像で、高さは122フィート1インチ（37.21メートル）。溶けて完全に消えてなくなったのは7月になってからだとか！　コミュニティーをひとつにまとめる、とってもクールな方法だ。

エレファント勲章

　友だちを作る方法の1つは、言うまでもなく、相手に「私はきちんと評価されている」と思わせることだ。そして、そう思わせる方法は、いろいろある。

　2年ほど前の話だが、あるスーパーマーケットに行ったとき、出口に大きなベルが下がっているのに気がついた。ベルの上の方には、こんな文章が貼ってあった。「すばらしいサービスを受けたと思われた方は、このベルを鳴らして、その気持ちを従業員にお知らせください」。これはいいアイデアだったと、私は今も思っている。ただ、デンマーク人は基本的に内向的な国民で、他人の注目を浴びるのを好まない。スーパーへ牛乳を買いに行ったら棚の前で先客がどの牛乳を買おうか迷っていても、「すみません、これ取りたいんですが、いいですか？」と割り込んだりせず、その後ろで何分でも喜んで待つのがデンマーク人だ。だから、スーパーマーケットの大きなベルが鳴ることは、まずありえないだろう。私は興味があったので、誰かがベルを鳴らすか見てみようと30分間待った。でも誰も鳴らさなかった。

　企業は、従業員を評価する責任を管理職に負わせることが多い。それも確かに大切だけれど、こうした考えは、「私たちは同僚からも評価される必要があるし、同僚から評価されていると実感する必要もある」という点を見過ごしにしている。いわゆる「同僚間評価プログラム」は、被評価感や達成感を高める手軽で簡単な方法だろうし、それにおそらく、職場での「永遠の大親友」レベルを押し上げることにもなるだろう。

　私が見てきた中でもとりわけ有効なプログラムには、次のような共通の特徴があった。

具体的に 「よくやった」で終わらせず、「あなたの対処はほんとうによかったです。患者さんが嘔吐したのを見て、その患者さんを元気づけ、しかも笑わせてあげたんですから」と言う。

即座に 評価は、今日か明日か、せめて今週中に伝える。勤務評定が行なわれる6か月後ではダメだ。

楽しく 私も参加したいと全員が思えるプログラムにする。例えばピニャータ割りとか。

全員を対象に 毎回同じ1人か2人だけが評価され続けたら、きっと反感や「無視されている」という気持ちが生まれるだろう。だから、全員がプログラムに参加できるようにしよう。ときにはほめられてしかるべき成果を誰もが挙げているのだから。

公表する 誰が評価されているのかが、全員にはっきり分かるようにしなくてはいけない。

　話で聞いた職場の1つに、私から見てこの特徴の多くに当てはまると思う方法を採用している所がある。エレファント勲章（デンマーク語でElefantordenen）は、デンマークで最高位の勲章である。1693年に制定され、今ではほとんどもっぱら王族や国家元首に授与されている。そうした中、あるデンマークの看護師グループが独自のエレファント勲章を作った。小さなおもちゃの象（エレファント）を制服にピンで留めて、お互いのいい仕事を評価し合うのに使っているのだ。このエレファント勲章を現在つけている人は、今週すばらしい仕事をした同僚を1人選んで、その人に自分がつけていた勲章を授ける。授けられた人は、次の1週間エレファント勲章をつけて働きながら次の受章者を選び、以下同様に続いていく。これなら、評価は即座に伝えられて公表されるし、おもちゃの象を使うというのも当然ながら楽しいものだ。

つながりを強める方法
——レゴ社の場合

　職場で人と人とのつながりを強めるためにできることは、ほかにもある。つながり作りに配慮しながらオフィス空間をデザインするのだ。この件については、レゴ社の実践例に学ぶ価値があると思う。

　レゴ社は、知ってのとおり、同社の代名詞であるレゴブロックを主力商品とする世界トップクラスの玩具メーカーで、1932年にオーレ・キアク・クリスチャンセンがデンマークの町ビルンで創業した会社である。私が以前に出した本『マイ・ヒュッゲ・ホーム』を読んだ方ならご承知と思うが、私はレゴの大ファンであり、レゴ（LEGO）という社名は、デンマーク語で「よく遊ぶ」を意味する「leg godt」を縮めたものだ。だが、レゴ社の人たちはよく遊んでいるだけでなく、幸福に働いている。レゴ社は、世界で最も評判のよい企業ランキングで上位に位置する世界最大規模のおもちゃ会社で、40か国以上に2万5000人以上の従業員を抱えている。しかも、彼らは最高に幸せな従業員たちだ。

　「ジョブ・インデックス（Job Index）」は、デンマーク最大の仕事検索サイトで、このサイトではデンマーク企業の仕事での喜びについて、現在就業中の従業員からデータを集めている。そのランキングでレゴ社は何度か1位になったことがある。「経営」「昇進の機会」「協力」「人間関係」といったパラメーターでレゴ社は星5つを獲得している。つまり、何もかもがすばらしいのだ。では、どんな取り組みがこれほどすばらしい成果を生んだのだろう？

　まず、職場作りにおいては、従業員がコミュニティーとして生き生きと活動でき、多種多様な働き方ができるような職場を作っている。その設計

は（当然ながら）遊び心にあふれていて、子どもたちのために最高の遊び体験を作り出すためチーム全体での協力体制をはぐくめるインクルーシブな環境を目指している。

　例えば会議室には、天板がガラスになっていて引き出しいっぱいに入ったレゴが丸見えのテーブルや、レゴで作った巨大な恐竜、レゴでできた巨大な滝、高さ 15 メートルの「創造力の木」（これまでに作られた最大のレゴ）などが置いてある。遊んで楽しむという発想が、会社の柱なのだ。

　ここまで読んで、こう思った方もいるだろう。「恐竜に、滝に、巨大な木。確かにすばらしいが、うちは巨額の売上高を誇るレゴ社と違って、予算の少ない小さな新興企業だからなあ」。そんなあなたに朗報だ。レゴ社が働く者にとって可能な限り最善の環境を作り出すときの考え方からは、学べることがまだたくさんある。例えば、同社の調査で 2 つのことが分かっている。1 つは、私たちはその日の気分や、やらなくてはならないタスクの種類に応じて違った場所で働ける柔軟性を喜ぶこと。もう 1 つは、私たちは職場への帰属意識を必要としていること——つまり、仕事仲間がいて、いっしょに働いている人との仲を深めるのを楽しみとしていることである。「やあ、ミゲル！　キャンプ旅行はどうだった？　おいおい、君の靴、どうしたんだ？」といった会話を楽しんでいるのだ。

　レゴ社の働き方担当アネ・ソフィー・フェザスによると、会社には従業員が実際にどのような働き方をしていて、従業員ごとに異なる日常業務がどのようなものであるかを理解する必要があるという。彼女は、心理学者や人類学者などからなる社内専門家チームを率い、デンマークのビルンにあり 2000 人が働く新本社「レゴキャンパス」のデザインに携わってきた。

　本社には、約 100 人を単位とする複数の「地区」がある。地区には決まった座席がなく、知っている人や仕事仲間といっしょに座ることができる。地区ごとに管理職と従業員で構成される委員会があり、両者は協力して、実際に使う人のニーズに合うよう最も適切に地区をデザインする方法を考えている。

フェザスの教える重要なアドバイスの1つに、「人類学者になれ」がある。これは、「私たちは何をすべきですか？」と尋ねるのではなく、具体的な質問をたくさんせよということだ。例えば「朝一番にすることは何ですか？」「コーヒーを飲みたくなったら、どこで手に入れますか？」「休憩したくなったら、どこへ行きますか？」「一般的な会議では、どんなことが起こりますか？」「電話はどこで出ますか？」「同僚とはどのように協力していますか？」といった具合だ。

　レゴキャンパスは、活動ごとにエリアが割り当てられている。同僚とブレインストーミングをするのか、メールに返信するのか、それとも生産ラインを最適化する方法を集中して考えたいのかによって、異なる環境が必要になるからだ。しかし、人類学的アプローチのおかげで設計担当者たちは、建物内のどの場所で働くかを選ぶときは、働く人のそのときの気分にも左右されることを理解した。

　さらにフェザスは、従業員が帰属意識も持てるようにすることが重要だとも指摘している。つまり、人は職場に柔軟性があったらいいと望むと同時に、知っている人の近くで働きたいとも思うのだ。レゴ社の建物は、複数の異なるゾーンに分けられていて、例えばレッド・ゾーンは創造力用、ブルー・ゾーンは問題解決用と、区別されている。

　原則として自分専用のデスクはなく（もちろん、あった方が好都合なら専用デスクを持つこともできる）、その代わり自分のチーム・エリアにあるデスクから1つを選んで使うことができる。レゴ社がこうしたシステムを採用しているのは、柔軟性には確かに利点があるけれど、従業員は帰属意識も持ちたいと望んでいると同社が理解しているからだ。レゴキャンパスで働く自分以外の1999人全員とつながりを作ろうと思ったら、コンピューターでは絶対に無理だ。

　ここには静かな空間もあれば、緑に覆われたスペースもあるし、バリスタマシンの音がして音楽が流れる、まるでにぎわうカフェのような場所もある。なぜなら、隅の方でひとり静かに座っている必要がある日もあれば、活気に満ちあふれた場所に身を置いた方がいい日もあるからだ。

ラ～イド・イ～ントゥ～・ザ～・友情ゾ～ン♪

　同僚と仲よくすることはあなたにとっても会社にとってもプラスになるという研究はいくつかあるが、その中で私がいちばん気に入っているのは、ハーバード・ビジネス・スクール、デューク大学、リエージュ大学、ブリティッシュコロンビア大学の教授5人が共同で行なった「向社会的ボーナスは従業員の満足度とチームの業績を向上させる」だと思う。この研究では、販売チーム内での親睦を深めることがチームの販売成績に影響を及ぼすかどうかが調査された。研究者たちは複数のチームを無作為に選び、そのうちの数チームには、各メンバーに15ユーロずつ与え、そのお金を自分のために使うようにと告げた。残りのチームにも、各メンバーに15ユーロずつ与えたが、こちらのチームには、そのお金を無作為に選んだチームメートのために使うようにと指示した。また、全員お金は週末までに使うようにと告げられた。

　自分のためにお金を使った人が購入したのは、スポーツウェア、ちょっとした装飾品、食べ物、アルコール、およびCDだった（そう、この研究が行なわれたのは10年以上前なのだ）。一方、チーム内のほかのメンバーのためにお金を使うよう言われた人は、プレゼントとして本やワイン、植物、ぬいぐるみ、ピニャータなどを買ったほか、1名はチームメートが参加しているスポーツリーグの登録料を支払った。

　調査対象となったのは製薬業界の販売チームで、各チームはベルギーの医者や薬局、病院に医薬品を買ってもらおうと営業活動にはげんだ。そして毎月、各チームの販売成績が評価された。その結果、論文で「向社会的チーム」と呼ばれている、お互いのためにお金を使ったチームの方が、自分のためにお金を使ったチームよりも多くの製品を売っていたことが判明した。

さらに研究者らは、各チームが個人的ボーナスまたは向社会的ボーナスとして受け取ったお金に対する投資利益率を計算した。販売成績は、すべてのチームで上がっていた。しかし、自分のためにお金を使ったチームでは、増えた販売額は受け取った金額10ユーロあたり3ユーロで、つまり純損失だった。一方、向社会的チームで増えた販売額は、チームメートのために使った金額10ユーロあたり52ユーロだった。つまり、向社会的チームの大勝利だったのである（お祝いにピニャータを割ったかもしれない）。私たちハピネス・リサーチ研究所は、この研究を参考にして、職員みんなでアイススケートに行ったり、ペタンクをやったり、コペンハーゲンの運河でボート遊びをしたりしている。時間であれお金であれ、あるいはその両方であれ、自分のチーム全体に投資するのは、幸せで成功に満ちた職場を作るカギとなる。

　現代におけるマネジメント論の古典である映画『トップガン　マーヴェリック』では、主人公マーヴェリックが指導するパイロット・チームは、当初メンバーどうしの競争意識が強く、チームとしてうまく機能していなかった。そこでマーヴェリックは、遊びとチーム作りを兼ねて、ビーチでタッチ・フットボールの試合を計画した（もちろんこれは、前作『トップガン』の有名なビーチバレーのシーンが大好きな人向けのファン・サービスなんかではないと思う）。

　だから、あなたがチームを連れてビーチにボールゲームをしに行ったのを上司にとがめられたら、マーヴェリックになりきって、こう言えばいい。「以前、チームを作れと言いましたよね。これができあがったチームです」。そう告げてオフィスから出て行くときに、突然オフィスのインターホンから『トップガン』の挿入歌「デンジャー・ゾーン」がBGMとして流れ出せば言うことなしだ。上司と言えば、悪い上司や、それよりひどい毒上司を避けることも、仕事で幸福を体験するのに欠かせないカギだ。

毒上司を避けろ

シンクタンク「UKG ワークフォース・インスティテュート」による研究の1つに、世界10か国の3400人を対象としたものがある。その研究の結果、ある人のメンタルヘルスに上司が与える影響は、配偶者が与える影響と大きさが同じであることが分かった。しかも、上司の影響と配偶者の影響のどちらも、医師やセラピストが与える影響よりも大きい。さらに、この研究によると従業員の70パーセントが、上司には自分たちの幸せやメンタルヘルスをもっとサポートしてほしいと思っている。また81パーセントの人が、高賃金の仕事よりも健全なメンタルヘルスの方を優先させると回答している。そして64パーセントが、メンタルヘルスをもっとサポートしてくれる仕事に就けるなら給料が少なくなってもかまわないと述べている。

70%
の従業員が、上司には自分たちの幸せをもっとサポートしてほしいと思っている。

81%
の人が、高賃金の仕事よりも健全なメンタルヘルスの方を優先させると回答している。

64%
が、メンタルヘルスをもっとサポートしてくれる仕事に就けるなら給料が少なくなってもかまわないと述べている。

あなたの上司は、あなたの仕事での幸福度に大きな影響を及ぼすだろう。そもそも上司は、あなたの仕事のほぼすべての側面に影響を与えられる立場にある。だから、「いずれ上司がやり方を変えてくれるだろう」などという甘い幻想を抱いてはいけない。上司が変わることはないと思え。あなたの上司が無能でクズなら、今の仕事は辞めた方がいい。辞めるのは今すぐでなくてかまわない。まずは次の働き口を確保する必要があるだろう。だが、仕事は辞める必要がある。辞めるのは3月31日まで待ったっていい。何しろその日は、国際「嫌な仕事を辞めろ」デーなのだから。

　よく「人は職場を去るのではない。上司のもとから去るのだ」と言われるが、この言葉はデータからも裏づけられるようだ。仕事検索サイト「トータルジョブズ（Totaljobs）」の調査によると、イギリスでは49パーセントの人が上司を理由に仕事を辞めた経験がある。だから、新たな就職先に「はい」と返事をする前に未来の上司がどんな人物かを理解することが大切になる。これについては次のコーナーでもっと詳しく見てみることにしよう。

幸福へのアドバイス
面接でよい上司を見きわめる方法

☐　私は現在の仕事を生涯続けるつもりでいる。今の仕事は、目的や自由など、この本で探っている要因すべてを満たしているからだ。それに、いろんなことを体験できる余禄もある。例えば初めての都市を訪れたとき、私は無意識のうちに、この街の都市計画が生活の質にどのような影響を及ぼしているのかを考え始める。これは一種の特典だ。今の仕事を続ける唯一のマイナス面は、就職面接で2度と応募者側になれないことだろう。面接官から「自分のことを3語で説明してください」と言われて「怠け者」と1語で答えたいのに、そんな機会はきっともう来ない。この回答は、面接官にユーモアのセンスがあるかをチェックする、いい方法なのに。

☐　でも、もしあなたが新たな勤め先を探しているのなら、新たな上司になるかもしれない人物が次に挙げるレッドフラッグ級の要注意行動を取るかどうか、気をつけて観察するといい。

☐　自分の成功談しか話さない。悪い上司は手柄を独り占めにする。すばらしい上司は、部下の成功をほめたたえ、部下の成功について話す。また、相手があなたの実績を聞くよりも自分の実績を話すようなら、要注意だ。

☐　聞くより話す方が多い。よい管理職は、すばらしいアイデアなら、それが誰の発案かに関係なく受け入れる。

☐　自分の上司の前では態度が変わる。上司には礼儀正しく接するが、部下には横柄に振る舞う。

☐　部下への接し方がひどい。もし機会があったら、面接官が部下とやり取りする様子を観察するといい。あるいは、ランチやコーヒーをいっしょにすることがあれば、レストランやカフェの従業員への接し方を見るといい。

□　あなたの仕事以外の側面には興味がないように見える。優秀な管理職は、最初から人間としてのあなたを知りたがる。

□　失敗を認めない。優秀な管理職は、自分の欠点や自社の短所を率直に認める。面接官に、どんなときに失敗して、その失敗をどうやって取り返したか、あるいは、自分の会社や自分のリーダーシップ・スタイルでいちばん変えたいと思っているのはどんなところか、教えてほしいと頼むといい。

□　もしも面接官が「自分への要求が高すぎる」人だったり、「完璧主義者」を自認する人だったりした場合は、あなたにも高すぎる要求を押しつけるのではないかと考えよう。

□　マイクロマネジメント型である。自分からそうだと認める人はほとんどいないだろうが、面接官に「プロジェクトの進捗状況については、どのくらいの頻度で最新情報を報告してもらいたいと思っていますか？」「部下からの報告は、どれくらいの頻度で受ける予定になっていますか？」といった質問をすることで、相手がどの程度マイクロマネジメント型であるかをつかむことができると思う。

□　嫌な予感がする人である。私は、これがいちばん重要なことだと思う。直感を信じることだ。面接官は、あなたに不安感を与えているか？　あなたの話を途中で遮ったか、それとも話し終えるまで待ってくれたか？　面接でのやり取りで、この仕事をする自信が増えただろうか、それとも減っただろうか？

郵便はがき

160-8791

343

料金受取人払郵便

新宿局承認

5503

差出有効期間
2026年9月
30日まで

切手をはら
ずにお出し
下さい

（受取人）
東京都新宿区
新宿一ー二五ー一三

株式会社 原書房
読者係 行

160879 1343　　　　7

図書注文書 （当社刊行物のご注文にご利用下さい）

書　　　　名	本体価格	申込数
		部
		部
		部

お名前		注文日	年	月	日

ご連絡先電話番号　□自　宅　（　　　　）
（必ずご記入ください）　□勤務先　（　　　　）

ご指定書店（地区　　　　）	（お買つけの書店名をご記入下さい）	帳
書店名　　　　書店（　　　　店）		合

7519
あなたの幸福度が上がるデンマークの仕事と生活

マイク・ヴァイキング 著

| 愛読者カード |

＊より良い出版の参考のために、以下のアンケートにご協力をお願いします。＊但し、今後あなたの個人情報（住所・氏名・電話・メールなど）を使って、原書房のご案内などを送って欲しくないという方は、右の□に×印を付けてください。　　　　　□

フリガナ
お名前　　　　　　　　　　　　　　　　　　　　　　　男・女（　　歳）

ご住所 〒　　　－

　　　　　　市　　　　　　町
　　　　　　郡　　　　　　村
　　　　　　　　　　　　　TEL　　　　（　　　　）
　　　　　　　　　　　　　e-mail　　　　　　　＠

ご職業　1 会社員　2 自営業　3 公務員　4 教育関係
　　　　　5 学生　6 主婦　7 その他（　　　　　　　　　　　）

お買い求めのポイント
　　　　　1 テーマに興味があった　2 内容がおもしろそうだった
　　　　　3 タイトル　4 表紙デザイン　5 著者　6 帯の文句
　　　　　7 広告を見て（新聞名・雑誌名　　　　　　　　）
　　　　　8 書評を読んで（新聞名・雑誌名　　　　　　　）
　　　　　9 その他（　　　　　　　　　）

お好きな本のジャンル
　　　　　1 ミステリー・エンターテインメント
　　　　　2 その他の小説・エッセイ　3 ノンフィクション
　　　　　4 人文・歴史　その他（5 天声人語　6 軍事　7　　　　　　）

ご購読新聞雑誌

本書への感想、また読んでみたい作家、テーマなどございましたらお聞かせください。

ハッピーワーク

□　同僚に「私はきちんと評価されている」と思わせよう。そのために「具体的に」「即座に」「楽しく」「全員を対象に」「公表する」という5つの特徴を持った評価方法を考えてみよう。

□　仕事仲間を見つけよう。職場にまだ「永遠の大親友」がいないのなら、あなたの助っ人になれる可能性のある人は誰か考え、時間をかけてその人物と知り合いになろう。当たり前の話だけれど、親友がいるといないとでは、あなたが仕事で感じる幸福度に大きな差が出ることがある。

□　会社での上下関係の垣根を低くするため何ができるか考えよう。手始めに、自分のチームや部署以外の人に話しかけて知り合いになるのがいいだろう。

□　カレンダーの3月31日──国際「嫌な仕事を辞めろ」デー──に印をつけよう。あなたの上司が毒上司なら、明日が3月31日だ。あなたに上司の行動を変えることはできないが、上司を代えることはできる。

□　仕事以外で、優秀な人たちを中心としたプロジェクトを考えよう。プロジェクトは、新しい写真雑誌の創刊でもいいし、世界最大の雪だるま作りでもいい。いっしょに楽しく働けるメンバーとして、誰をチームに選ぶか考えてみよう。

□　地元の店の店主と知り合いになろう。あなたが住む地区で信頼を築いていく第1歩は、住民を知り、住民に知ってもらうことだ。まずは名前から始めよう。次の週までに、例えば魚屋、パン屋、カフェのバリスタ（または、コーヒーに入れるミルクを泡立ててくれる人）など、近所に住む最低3人の名前を覚えてみよう。

CHAPTER 4

自由を求めて

　朝食には卵料理？　それともトースト？　人は毎日、選択と決断を繰り返している。それには小さいものもあれば大きいものもある。そして決断を下すとき、あなたは短期的な快楽や都合のよさと長期的な幸福を天びんにかけて、最大の幸福を得られると思う選択肢を選ぼうとするだろう。では、自由を奪われたときのことを想像してほしい。きっとあなたは激怒して、映画『ブレイブハート』の主人公が顔を青く塗ってキルトをはいて、中世スコットランドの独立のために戦ったのと同じように、自由のために

戦う覚悟を決めるのではないだろうか。それは当然だと思う。自由は生活の質に影響を与えるし、生活の質が維持される期間にも影響を及ぼすからだ。

1976年、アメリカ・コネティカット州の心理学者グループが、とある老人ホームで今では多少有名になっている実験を実施した。アーデン・ハウスは、地域でトップクラスと評価される介護施設で、質の高い医療と、レクリエーション施設と、快適な環境を提供していた。実験では、施設の1フロアで暮らす入居者たち（第1グループ）に、世話する植物を選ぶ自由と、何曜日の夜に映画の上映会を開くか（『キング・コング』観たい人いない？）を決める自由が与えられた。

別のフロアで暮らす入居者たち（第2グループ）には、こうした自由は与えられなかった。実験開始時点では両グループの健康度や幸福度に差はなかったが、開始直後から徐々に第1グループの方がより活動的になり、ずっと機敏になり、機嫌がもっとよくなっていった。18か月後になっても第1グループの方が依然として第2グループより良好で、死亡率は第2グループの半分だった。この実験が行なわれてから現在までの約50年間に、幸福と自律性とのあいだに関係があることを示す証拠が続々と示されてきた。

自律性（autonomy）とは、「自分がこれからすることについて、他者から影響を受けたり命じられたりするのではなく、自分自身で決断を下せること」である。その対象は、仕事の進め方から、働く時間と場所に至るまで、ありとあらゆる事柄に及んでいるので、この自律性も、デンマーク人の仕事での幸福度が高い理由の1つなのかもしれない。デンマーク企業の従業員は、一般に自律性の度合いが高い。実際、デンマークは従業員の自律性について、ヨーロッパ27か国中で最上位にランクされている。では、自律性はどんなふうに作用するのだろう？　その最高の実例が、世界屈指の歴史を誇る遊園地にある。

みんなが守る3メートル・ルール

　コペンハーゲンの中心部に、1843年開業のチボリ公園がある。コロナ禍前は毎年およそ500万人が訪れていた遊園地だ。ここはたくさんの「ワーッ！」「キャーッ！」であふれている。

　1年を通じて約3700人が、このチボリ公園を職場として働いている。その中には、綿菓子を1日に300個売る係もいれば、ジェットコースターの安全バーをチェックする係もいるし、何万人もの来園者を出迎える係もいる。そんな従業員たちを1つにまとめているのが、全員が同じ「3メートル・ルール」に従っているという事実だ。このルールは、「半径3メートル以内の事柄についてはすべてあなたがCEOだ」という意味だ。今いる場所や、何の係であるかに関係なく、その範囲内のことには、その人が責任を持つ。半径3メートル以内にゴミが落ちていれば拾い、探し物をしている客がいれば立ち止まって「どうなさいましたか？」と声をかける。副社長であってもコーヒー係であっても、誰もがこのルールに従う。

　従業員ひとりひとりが、次に示す具体的な4項目を意識しながら働いている。

1. お客様を迎えるホストであること
2. お客様の悩みを解決すること
3. 遊園地をきれいに保つこと
4. 最高の同僚であること

この4項目をどう実践するかは、個人個人に任せられている。身近な円の中でCEOになることで、多くの自律性が与えられるのだ。

　3メートル・ルールはコミュニケーション・ツールだ。伝えやすくて覚えやすいだけでなく、自己決定感や責任感、自律感を強く感じさせてくれる。決まった台本やマニュアルはない。どうやって来園者にとってよいホストとなり、来園者に気持ちよく楽しんでもらうかを決めるのは現場の従業員である。毎朝、開園前にチームごとに集まっては、前日はどうだったか、来園者に最高の体験をしていただけたと思うかどうか、話し合っている。

　これとずいぶん対照的なのが、数年前に私が仕事でアメリカのアトランタを訪れたときに泊まったホテルで体験したチェックアウト時のやり取りだ。

「当ホテルにご滞在いただき、ありがとうございました、ヴァイキング様。滞在を楽しまれましたか、ヴァイキング様？」

「ええ、ありがとう」

「またアトランタを訪れる機会がありましたら、ぜひ当ホテルにご滞在いただければと存じます、ヴァイキング様」

　たぶんどこかにマニュアルがあって、そこにはこうしたセリフが、このホテルは滞在客を大切にしていると思ってもらえるよう推敲を何度も繰り返した上で書かれていたのだろう。けれど私に効果はなく、むしろ私は自分がここではよそ者で、自宅から遠く離れた場所にいるのだと思い知らされた。

100

従業員に自分の仕事をどう実行するかを自分で決めさせるチボリ方式は、効果があるようだ。調査したところ、来園者の94パーセントが、チボリ公園はいい場所だと他の人にも「必ず」または「たぶん」推薦するし、自分も来園に満足した、または非常に満足したと回答した。従業員も、半径3メートルのCEOであることを楽しんでいるようだ。10人中9人が、「全体として、チボリ公園はよい職場だ」という意見に賛成している。決定権を従業員にゆだねると、顧客対応は向上するのである。

柔軟性は在宅勤務より大事

　幸いにも、自律性が見られるのはチボリ公園だけではない。前の章で見たとおり、デンマークのどの会社も、組織図を描くと基本的に横1本の線になる。デンマークの職場は上下関係が非常にフラットで、従業員も雇用者も、両方が平等主義的な考え方を持っている。従業員は、自分たちの仕事や職場について決定が下されるときは相談されたり意見を聞いてもらえたりするものだと思っているし、仕事の具体的な進め方やスケジュールを決めるのは自分たちだと考えている。こうした高度な自律性は、たいてい高度な柔軟性とセットになっている。

　うれしいことに、自律性と柔軟性によって仕事での幸福度が増えているのはデンマークだけではない。国ごとに仕事への満足度が「高い」従業員の割合を、仕事での柔軟性の度合いに応じて分けて調べたところ、当然と言うべきか、柔軟性が高いと満足度も必ず高いことが分かった。次のページに掲載した EU 統計局のデータから分かるように、高い柔軟性を持つ従業員は、仕事への高い満足度を感じる傾向が常に強い。

　それより驚いたのは、多くの国で、高度な柔軟性を持っている人の方が在宅勤務の人より仕事への満足度が高いことだ。これは重要なポイントだと思う。仕事の性質上、在宅勤務をするチャンスのない人は多い。だからと言って、柔軟性のプラス効果を利用できないわけではない。喜びの源は在宅勤務ではなく、例えば木曜日の午後は修理業者が家に来るので職場を1〜2時間離れられるというように、自分のニーズに合ったスケジュールで働くことができることにあるのだ。

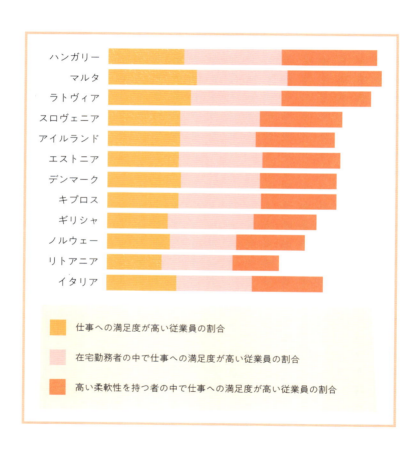

柔軟性を探せ

　もしあなたが新たな仕事を探している最中なら、その職場では柔軟性がどのように具体化されているかを尋ね、それが自分に合うかどうかを検討するようにしなくてはならない。話をデンマークに限っても、「柔軟性のある職場」の解釈は、「週に1度または月に1度在宅勤務ができる」から、「出社したいときに出社すればいい」まで、幅がとても広いからだ。

　以下に、ある会社の柔軟性がどれくらいのレベルかを知りたいとき、ヒントを与えてくれそうな質問を5つ挙げよう。

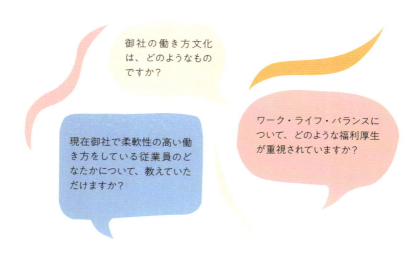

御社の働き方文化は、どのようなものですか?

ワーク・ライフ・バランスについて、どのような福利厚生が重視されていますか?

現在御社で柔軟性の高い働き方をしている従業員のどなたかについて、教えていただけますか?

在宅勤務に対する
御社の方針はどのよ
うなものですか？

従業員に、目標構造
やタスク構造に対する
発言権はありますか？

　もし質問するのがためらわれるなら、代わりに働き方文化のヒントを探すといい。以前ハピネス・リサーチ研究所でいっしょに仕事をしたデンマーク企業の１つは、「前向きに失敗する」という考えを掲げていた。この会社では、失敗を受け入れることを成功への足がかりと考えていた。同社は「ミスをしていないというのはイノベーションをしていないということだ」という信念を実践していたのである。そのため同社は冷蔵庫にいつもシャンパンがいっぱい入っていて、ミスが起こるたびに乾杯していた。

　また、もしもあなたが自由と自律性をめいっぱい享受するにはどんな職種に進めばいいか検討中なら、参考までに、自律性を持って働きたいと思う人にピッタリの職業を紹介しよう。大手仕事検索サイト「モンスター（Monster）」によると、そうした職業には、会計士、人事スペシャリスト、ITサポート、グラフィックデザイナー、芸術家、コンサルタント、リサーチサイエンティスト、マーケティングマネージャー、購買スペシャリスト、教師などがあるそうだ。

107

社員を信頼しなくちゃ

上司「だが、そんな自由を与えたところで扱えないだろう！　大混乱になるぞ！」

あなた「それはどうでしょうか……例えば、Spotify（スポティファイ）の WFA プログラムについてはご存知ですか？」

上司「Waste、Fraud、Abuse。つまり『ゴミ、詐欺、暴言』のことか？」

あなた「いいえ。『Work From Anywhere』、つまり『どこでも勤務』のことです」

2021 年 2 月に Spotify は「どこでも勤務プログラム」を開始した。社員はもう出社する必要がない。会社に来るかどうかは当人の自由だ。Spotify は音楽配信会社だから、これを発表したときは BGM としてオフィスにジョージ・マイケルの「フリーダム !'90」を大音量で流していたんじゃないかと思う。

さて、このプログラムを受けて社員の誰もが荷物をまとめてバハマやチェンマイやナルニア国に引っ越しただろうか？　実は、そうではなかった。開始 1 年後に Spotify がプログラムの評価を実施したところ、当時どこでも勤務が可能だった従業員 6500 人の

うち、ほかの国へ引っ越したのはたったの150人、割合にして2パーセントほどしかいなかった。アメリカのオフィスでは、働いている従業員のうち約300人が別の州に引っ越した（その大部分は、ニューヨーク州から隣のニュージャージー州への引っ越しだった）。一方で10人中6人が、通常のオフィスを主な働き場所として利用し続けた。

　従業員も各企業も、オフィスに出社して働くことにいくつか利点があることを認めている。Spotifyが気づくべきだったのは、社内のチームが少なくとも6か月に1度は実際に会うよう奨励することだった。そう奨励すべきなのは、信頼——これがあれば協力は容易に進む——は人と人とが面と向かって会えば、そうでない場合より速く築かれると理解されているからだ。

　その一方でSpotifyは、WFAプログラムからさまざまな形で収穫を得た。1つめは新たな人材プールにアクセスできたことで、実際、新規採用者の多くは主要な活動拠点以外の場所の出身者だった。2つめは、すでにいる人材をより多く会社にとどめることができたことである。世界中で「大量退職時代の到来か？」と騒がれ始めていた時期に、Spotifyは従業員の離職率が同業他社と比べて低かった。つまり、人事分野の大予言者ジョージ・マイケルが「フリーダム!'90」で歌詞「サウンドを信頼しなくちゃ」に続けて歌った言葉を借りれば、社員全員が「僕は君をがっかりさせないよ（中略）だって、ほんとうに、ほんとうに、そばにいたいんだぜ」という気持ちだったわけだ。もちろん、柔軟性の意味が「どこでも勤務」である必要はない。「会議会議で時間が取れない状態からの自由」といった、シンプルなものでもかまわない。

中断からの自由

　生産性と仕事での幸福度の両方を高める取り組みとして私が気に入っているものの1つに、アメリカのテクノロジー企業インテルが試験的に実施した「火曜日の午前中はクワイエット・タイム」がある。

　その狙いは、従業員が集中して仕事に取り組める時間を4時間確保することにあった。集中力を切らすことなく持続させて取り組む必要のある複雑で難しい仕事を、会議と会議の合間の17分間や、電話と電話の合間の9分間などなど、切れ切れの時間で何とか終わらせようとするのではなく、まとまった時間でやってしまえるようにするのが目的なのだ。そのため火曜日の午前8時から正午までは、電話はボイスメールに送られ、メールサーバーは電源を落とされ、会議の予定は入れられなかった。

　インテルが結果を検証したところ、7か月間続いた実験は「さまざまな職務で働く数多くの従業員の有効性、能率、および生活の質を改善することに成功」したと判明した。参加者のうち71パーセントが、実験をほかの部署にも広げた方がいいと回答した。

自分で自分の上司になる

　究極の自由は、自分で自分の上司になる、つまり自分の会社を立ち上げることだろう。起業する理由は人それぞれで、やむにやまれずという人もいれば、ぜひ実現させたい名案を思いついたのでという人もいるし、今の職場に不満があるからという人もいる。「居場所をくださいと頭を下げなきゃいけないくらいなら、自分で居場所を作った方がマシだ」というやつだ。それから、自分の会社を立ち上げればもっと幸せになれると信じて起業する人もいる。データを見る限り、この意見はどうやら正しいようだ。

　いくつかの研究に目を通すと、自営業者の方が、仕事についても人生全般についても幸せであることが分かる。しかし、これにはいくつか重要な但し書きがつく。まず、なぜ自営業者になったのかという理由が重要だ。それは自分で選んだことなのか、それとも定職を見つけられず、自営業者になる道しかなかったのかで、幸福度は変わってくる。それに、自営業になったおかげで幸せになったのか、それとも幸せな人ほど自営業者になる傾向が強いのかという問題もある。たぶん幸せな人の方が楽観的——「私の事業はうまくいくだろう」と思いがち——で、だから開業する人も多いのかもしれない。ともかく、ありがたいことに幸福と起業の関係については、時間をかけて人々を追跡調査することで何が原因で何が結果かを見きわめることができる。

　現在分かっているのは、自営業者であることが幸福度に与える影響は、世界のどこに住んでいるかによって違っているということだ。ヨーロッパ、北アメリカ、オーストラリア、ニュージーランド、東アジアでは、起業家または自営業者の方がフルタイムの従業員よりも幸福である。しかし、ラテンアメリカ、カリブ海地域、サハラ以南のアフリカでは、この関係は逆になる。

私は、この分類では前者に属している。私が幸福についてのシンクタンクを立ち上げるというアイデアを最初に思いついたのは、今から10年以上も前のことだ。2012年9月下旬のある日、持続可能性についてのシンクタンクでオフィスにこもって働いていたとき、たまたま私の目に入ったものがあった。それは「世界幸福度報告書」という名の文書だった。国際連合が発表したばかりの報告書で、前年に国連総会で成立した、世界のすべての国々に幸福をもっと重視し、生活の質を向上させるために何ができるのか考えるよう求めた決議、いわゆる「幸福決議」を受けて出されたものだ。報告書には、幸福度調査の概要のほかに、150以上の国々の幸福度ランキングが掲載されていた。第1位はデンマークだった。それまでにも何度か私は、「住みやすさ」や「生活の質」といったランキングで母国が1位になっているのを見たことがあった。「なぜ？」と私は自問した。「なぜデンマークは、ほかの北欧諸国ともども、こうした幸福度ランキングではいつも上位にいるのだろう？　誰かがこれを調べるべきだ。誰かがデンマークでの幸福度を調べるシンクタンクを立ち上げるべきだ」。そして私はこう考えた。「いや……私がそれをしようじゃないか」。

　人によって幸福度に違いが出るのはなぜかを理解し、生活の質を向上させるのに何ができるかを明らかにする活動に取り組むという考えに、私はすっかり乗り気になった。夜にはベッドに入ったまま、どんな角度から研究しようか、あれこれと考えた。都市デザインのされ方によって私たちの幸せはどんな影響を受けるのだろうか？　幸福度を上昇させるために、どんな政策を実施できるだろうか？　年齢、収入、学歴は、幸福度にどの程度影響を与えるのだろうか？　研究対象という名の地図には未知の部分がまだまだ多く、そうした部分へ探検に行きたいと私は思った。出発するときのBGMに映画『インディ・ジョーンズ』のテーマ曲を流したいくらいだ。

　しかし2012年は、2009年に大不況が終わって間もない時期だった。当時は、不動産バブルがはじけて金融市場が崩壊した影響をいまだに感じることができた。そんな状況で新たな会社を立ち上げるのはリスクが高すぎると思えたし、そもそもこれは単なる新会社ではなく、突拍子もないアイデアだった。何しろ、幸福についてのシンクタンクを作ろうというのだから。

それでも、この突拍子もないアイデアの実現に向けて私が動き出したのには、いくつか理由があった。まず第1に、私は「成功者ではなく価値ある人間になるよう努力すべきだ」というモットーに、とても感銘を受けていた。そして私は、幸福を科学的見地から見ることには多くの価値があるだろうと考えた。第2に、当時の私は「人はいずれ死ぬものだ」という現実を突きつけられていた。私には師と呼ぶべき15歳年上の先輩がいて、尊敬できるところがとても多い方だったのだが、その先輩が49歳で末期の病気と診断された。私の母も、何年も前のことになるが、やはり49歳で亡くなっている。そうしたことから、私は「もし49歳までしか生きられないとしたら、どうしよう？」と考えた。2012年、私は34歳で、あと15年しかなかった。この15年を、私はどう過ごすべきなのだろうか？

　当時の仕事をそのまま続けてもよかった。いい仕事で、安定していたし、給料もよかった。けれど私は、その仕事への熱意をすでに失っていた。もう1つの選択肢は、幸福研究者として活動することで始まる、むちゃくちゃで突拍子もない楽しい旅に出かけることだった。というわけで、最初に思いついてから2か月後に私は仕事を辞め、われながら名案と思うアイデアと、動きの悪いノートパソコンを持って再出発した。そういうふうに私が動き出せた理由の第3は、貯金だった。私は5年前からそれなりの額を稼いでいた半面、生活は比較的質素だった。ちょっと計算すれば分かるとおり私の銀行預金は増え続けていて、そのころには、今までどおり比較的つましい生活を続けていけば預金がなくなるまで2年は暮らせる額に達していた。つまり2年間は夢を追うことができる。後に私は、こうした秘密の蓄えは「FUマネー」とも呼ばれていることを知った。FUマネーとは、いつか上司に「もううんざりだ！」と告げて（あるいは、「フ」で始まり「ユー」で終わる、もっと下品な言葉を吐いて）会社を辞め、新たな人生を歩み始める日のために、ひそかに蓄えておく資金のことだ。それはともかく、当時は気づいていなかったが、私は自分自身のフリーダム・ファンド——自由になるための資金——を積み立てていたのだった。

115

なぜフリーダム・ファンドを蓄えておくべきなのか

　呼び名が FU マネーであれフリーダム・ファンドであれ、まとまったお金は「不満があるなら仕事を辞める」という選択肢を与えてくれる。ほんとうに辞める必要はないが、そうしたお金は交渉を有利に進める力になるだろう。そのいい例が、「FU マネー」という言葉を世に広めたアメリカの金融ライター、ジム・コリンズだ。彼は会社員だった若いころ、1 か月間ヨーロッパ旅行に行けるだけの額を蓄えたことがあった。上司に 1 か月のサバティカル（長期休暇のこと。ヨーロッパでは「バカンス」という）がほしいと言うと、上司はしばし考えてから「ダメだ」と言った。「ああ、そうですか」とジムは言って、こう告げた。「それでも行くつもりですから、仕事は辞めようと思います」。「いや、ちょっと待て」と上司は慌て、「分かった、サバティカルを認めよう」と言った。この話の要点は、もうお分かりと思うが、FU マネーがあれば交渉で強い立場に立てて、より大胆になれるということである。

　この手のお金は保険としても役に立つ。今のあなたは仕事が大好きかもしれない。仕事は楽しいし、上司はいい人だ。あなたを気にかけ、サポートしてくれている。けれども、そんな上司が辞職を考えているとは露知らず——上司が辞めると、そこからすべてがだんだんおかしくなっていく。後任としてやってくるのは 1 人残らず毒上司で、あなたが仕事で感じていた幸せはたちまち溶けて消えていく。ここまで来たら副業を本業に変えるか、転職した方がいいだろう。

　転職もデンマーク人が上位にランクされる分野の 1 つで、だからデンマーク人の転職事情を参考にするのもよいと思う。ほとんどの OECD 加盟国の人たちと比べ、デンマーク人はとても頻繁に転職する。そしてこれも、仕事で幸福を感じている原因なのかもしれない。「今の仕事が気に入ら

ない？　なら辞めちゃえよ」と言うのがデンマーク人だ。時給で働くパートタイマーなどを除くサラリーマンだけに注目すると、デンマーク人が転職するまで1つの会社にとどまる年数は平均7.2年だ。ちなみにイタリア人は平均12.2年、フランス人は10.8年、ドイツ人は10.2年である。

　勤続年数が短い理由の1つは、デンマークの労働市場モデルである「フレキシキュリティ・モデル」にある。簡単に説明すると、「フレキシキュリティ（flexicurity）」とは、「flexibility（柔軟性）」と「security（保障）」を合わせた造語で、フレキシキュリティ・モデルはこの2つを2本柱として成り立っている。「柔軟性」とは、雇用主が従業員を自由に雇用したり解雇したりでき、解雇のコストが高くないことを意味している。一方「保障」は、失業した場合は多額の給付金を支給されるという意味だ。失業保険により、新たな仕事を探しているあいだは2年間失業手当を受け取ることができ、その後は失業手当よりも少額の最低生活費給付に移行する。現在、失業手当は最大で月額2300英ポンド（日本円で約45万円）だ。もっとも、知ってのとおりデンマークは税金と生活費が高いので、数字を見て感じるほど高額ではない。それでもデンマークの失業手当は、国際基準から見ると、ずいぶんと気前がいい。このセーフティーネットがあるおかげで、デンマーク人は仕事に幸せを感じられない場合、その仕事をほかの国の人より簡単に辞めることができる。デンマーク人には辞職の自由があるのだ。

　これを聞いて、あなたはこう思うかもしれない。「へえ、それはすごい。けれど、私が住んでいる国にそんな手当はないんだよなあ」。それならなおのこと、フリーダム・ファンドを積み立てることを勧めたい。なぜなら、フリーダム・ファンドは緊急用の予備資金にもなるからだ。人生に緊急事態はつきものだ。人生は山あり谷あり、ときには思いがけないことに出くわすこともある。人は誰しもそうしたことを経験する。私は、幸福度について対象者を何十年も継続調査したデータをたくさん見ているが、挫折を一度も経験していない人は1人もいなかった。解雇されるか病気になるか、ともかくいつか挫折を味わうのは間違いないので、それに備えておく必要がある。人々の幸福度を大きく左右すると思われる要因の1つに、「1000英ポンド（日本円で約20万円）前後の予期せぬ出費を、借金せずにまかなうことができるかどうか」がある。

118

残念ながら、イギリスやアメリカといった国々での平均預金額は「エッ!?」と心配になるほど少ない。イギリスでは40パーセントの人が、ふだんの所得がなくても1か月は暮らしていけるだけの蓄えすら持っておらず、給料ギリギリの生活を送っているし、ほぼ10人に1人は貯金がまったくない。家計のやりくりに苦労している人は多く、緊急用の予備資金を積み立てることにまで手が回らないかもしれない。それでも、予備資金を積み立てられる余裕があるなら、ぜひそうすることをお勧めする。

　フリーダム・ファンドを増やす方法の1つは、家庭での食品ロスを減らすことだ。イギリスで子どもがいる家庭は、平均で毎年700英ポンド（日本円で約14万円）分の食品を廃棄している。もし、毎年その700ポンドをゴミ箱に捨てるのではなく株式市場に回すとしたら、どうなるだろう？　株式市場は、高騰する年もあれば低迷する年もあり、過去の実績から今後の利回りを予測することはもちろんできないのだけれど、仮に毎年平均で約8パーセントずつ増え続けるとしよう。毎年700ポンドずつ投資するのだから、単純に計算すれば20年で1万4000ポンド＋αになると思うだろう。ところが、あら不思議、複利計算という魔法のおかげで20年後には3万2033ポンドになり、これは偶然にも、イギリス家庭の可処分所得の中央値とほぼ一致する。ちなみに30年後だと、その額は7万9298ポンドになる。

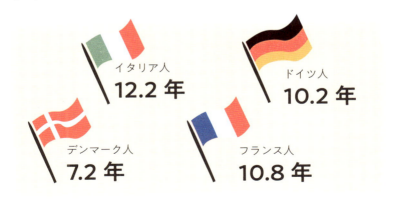

幸福へのアドバイス
フリーダム・ファンドを増やす13の方法

1. 車を手放そう。車は、ほとんどの人の生活で出費が最もかさむものの1つだ。代わりに歩いたり、自転車に乗ったり、公共交通機関を利用したりすることを考えよう。

2. 自炊しよう。外食は高くつく。自分の食事を自分で作る方がお金がかからず、しかも健康によくて楽しい。

3. 中古品を買おう。チャリティーショップやガレージセール、オンラインマーケットプレイスは、服から家具まで、ありとあらゆるお買い得品を見つけるのに絶好の場所だ。

4. サブスクリプション契約を解消しよう。そのストリーミングサービスのサブスクリプションや雑誌の定期購読は、ほんとうに必要か考えよう。ふだん使わないものは、すべて解約しよう。

5. 食料品を戦略的に買おう。まとめ買いしたり、特売品を中心に献立を考えたりしよう。高価な加工食品を買うのは避け、生野菜、野菜の缶詰、豆類、米など、長持ちする基本食材を常備しよう。

6. 電気消費量を減らそう。家電製品は使っていないときはコンセントを抜き、部屋を出るときは電灯を消し、洗濯物は乾燥機を使うのではなく外や室内に干し、家にいないときは暖房を弱め、LED電球への交換を検討しよう。

7. 要らない物を売ろう。衣類や本、家電製品など、もう使わない物を売って、臨時収入を得よう。

8. 家の修理は自分でやろう。YouTubeには、基本的な修理方法を解説する動

画がたくさんアップされている。プロに頼むのでなく自分でやって、お金を節約しよう。

9. 量より質を優先しよう。頻繁に買い換える必要のある、使い捨ての安い品物にお金を浪費してはいけない。代わりに、長持ちする高品質の品物を買おう。

10. 公共施設を利用しよう。公園、図書館、コミュニティーセンターでは、楽しい企画や設備が無料で提供されている。これを利用しない手はない！

11. 娯楽をDIYしよう。外へ遊びに行くのではなく、友だちを招いて寝るまでゲーム大会や、寝るまで映画鑑賞会、持ち寄りパーティーなどを開こう。お金の節約になるし、友だちとも楽しく過ごせる。

12. 身の回りの品を大事にしよう。きちんと手入れをすれば、持ち物の寿命は延びる。結局はお金を節約することになるので、衣類や家電製品を大切に使おう。

13. 切り上げ貯金サービスを利用しよう。これは、カードやスマホで買い物をするたびに支払った額の端数（イギリスだとペンス部分）を切り上げ、差額を貯金に回すサービスだ。例えば食料品を買って15ポンド25ペンス支払った場合、切り上げ時の差額75ペンスが自動的に貯金される。

退職に FIRE

　私たち全員が働きながら目指している究極の自由は、言うまでもなく退職だ。「退職まであと何年働かなくてはならないかなんて考えたくない」という気持ちも分からないではないが、退職へ向けてしっかり計画を立てておけば、それだけ早く退職できる日はやってくる。

　フリーダム・ファンドという考えをさらに発展させたのが、FIRE という生き方である。「FIRE」とは「経済的自立・早期退職」を意味する英語「Financial Independence Retire Early」の頭文字を取ったもので、「炎」を意味する「fire」との語呂合わせにもなっているので、基本的に自由を求めて戦えるようになる計画にはピッタリの名前だ。

　FIRE が目指しているのは、「徹底的な倹約生活を送り、所得の少なくとも 50 パーセントを貯蓄と投資に回して、そうした投資が生み出す受動的所得で生活していくこと」である。FIRE 実践者たちの思想的指導者のひとりに、同じデンマーク人で、2010 年に『早期退職・極端な実践（*Early Retirement Extreme*）』を出版したヤコプ・ロン・フィスカーがいる。彼は現在アメリカで暮らしていて、生活費は年 7000 ドル（日本円で約 110 万円）前後。退職したのは 33 歳のときだ。これほどの少額で暮らしていけるのは、フィスカーがまさしくルネサンス的万能人で、品物やサービスを購入するより何でもかんでも自分でするのを好むからだ。例えば彼は、粉末洗剤を自作している。けれど、ほかの FIRE 実践者たちは、ここまで極端なことはしていない。

　「その早期退職実践法を知ってからは、私は 18 ドル使ってバーでグラス 1 杯のワインを飲むより、18 ドルで自宅用にワインを 1 ケース買って友だちを招く方が、よっぽど納得できるようになったんです」と語るのは、ビア

ンカ・ディヴァレリオだ。「あなただって同じことができますよ。考え方をちょっと変えるだけでいいんです」。

　ビアンカは、22歳のときフライトアテンダントとして働き始め、40歳で経済的に自立し、44歳で退職した。このこと自体もすごいのだが、ビアンカが2008年、世界金融危機が起きたせいですべてを失ったことを考えると、よくぞ達成できたものだと感心する。何しろ当時、彼女は所有していた3つの投資物件を、抱えていた借金よりも少ない額で売却しなくてはならなかったのだから。

　2016年、ビアンカはFIREムーブメントの話を耳にすると、自分が使っているお金を1セントに至るまで記録し始めた。1年目、彼女はすべてを切り詰めて超節約生活を送った。

「つまり、空港では、たいしておいしくないサラダでも8ドルしたんです。でも、自分でサーモンやら何やらおいしい食材を用意してサラダを作れば、3ドルか4ドルで済んだのです」。

　彼女は中古のホンダCR-Vを、掲示板サイト「クレイグズリスト」を使って現金9000ドルで買い、犬の散歩を代行して、代わりに自分が仕事で不在のときは飼い犬を無料で散歩に連れていってもらえるようにした。1年目の総支出額は1万8297ドルで、これを所得から差し引いて残った額は、長い経験を生かして時間外勤務をしたこともあって、所得の77パーセントにあたる6万1719ドルとなり、これだけの金額を貯蓄に回すことができた。ここで興味深いのは、退職できる時期を決めるのは所得額の多さではなく貯蓄率であることだ。毎年5万ポンド稼いでいるが毎年5万ポンド使っている人は、絶対に退職できない。それに対して、毎年4万ポンド稼いでいて毎年3万ポンドを使っている人は、32年後に退職できるはずだ。次のページに掲げる表は、貯蓄期間の利回りを5パーセント、安全な取り崩し率を4パーセントと想定している。では、さっそく見てみよう。

あと何年で退職できるか？

貯蓄率（%）	退職までの労働年数（年）
5	66
10	51
15	43
20	37
25	32
30	28
35	25
40	22
45	19
50	17
55	14.5
60	12.5
65	10.5
70	8.5
75	7
80	5.5
85	4
90	3 年未満
95	2 年未満
100	0

FIRE 実践者たちに広く利用されている大まかな目安に、「4 パーセント・ルール」がある。これは通称「トリニティ・スタディ」と呼ばれる研究に基づくもので、この研究では、30 年の隠退生活中に資産を枯渇させずにすむ安全な取り崩し率は歴史的に見てどれくらいかが調べられた。つまり、投資資産から取り崩す額が毎年どの程度なら、資産が絶対になくならないかを調べたのだ。その結果、毎年取り崩すのが資産の 4 パーセントならば、かなり高い確率で、30 年の隠退生活中に資産がなくなることはないことが分かった。ビアンカの場合、FIRE ナンバー（FIRE 達成に必要な資産額）は 65 万ドルなので、このルールに従えば、ビアンカは年間支出をまかなうため毎年 2 万 6000 ドルまで使うことができる。

　4 パーセント・ルールに従って、どれくらいの金額を投資しておく必要があるかを求めるには、年間の総支出額を計算し、それを 25 倍すればいい。例えば、1 年あたりの支出が 1 万ポンドなら、必要な投資資産は 25 万ポンドになる。支出が 5 万ポンドなら 125 万ポンド投資しておく必要がある。もちろん、ほとんどの人にとってこれは天文学的数字だ。そのため FIRE 実践者の中には「バリスタ FIRE」を選ぶ人もいる。「バリスタ FIRE」とは、退職後もパートタイムで働いて、支出の例えば 50 パーセントだけを投資資産でまかなうという方法だ。それはともかく、「毎年の支出はその 25 倍の投資資産でまかなわなくてはならない」という考えから、FIRE 達成を目指す人たちは、支出を減らすことに多くの力を注いでいる。例えば 1 杯 5 ポンドのコーヒーを毎日飲めば、1 年で 1825 ポンドの支出となり、これを 4 パーセント・ルールに従ってまかなおうとすれば、4 万 5625 ポンドを投資する必要がある。多くの人は、迷うことなくコーヒーをやめるだろう。

　「これは誰もが達成できることだとは言いません」とビアンカは語る。「簡単ではないんです。喜びを味わうのは先送りにしなくてはいけないのに、今の私たちが暮らしている社会は喜びを先送りにさせてはくれないんですから。でも、これだけは言えます。誰もが自分の退職のためにできることがあって、その第 1 歩は自分の支出を見直すことなのです」。

　経済的自立を達成する方法はシンプルだ。所得を増やし、支出を減らし、その差を投資に回せばいい。しかし、それを実行するのは、とてもた

いへんなことだろう。けれど、追加所得を稼ぐためにどんな副業をしているかを見ると、発想力のすばらしさにほとほと感心してしまう。ちょっと挙げるだけでも、犬の散歩代行、調査用紙への記入代行、家庭教師、映画のエキストラ、植物栽培、留学生のホストファミリーまたは部屋の賃貸し、ポッドキャストの文字起こし、覆面調査員など、多種多彩だ。もし副業でちょっとした額を稼ぐことができ、やがてその額が増えたのなら、それでフリーダム・ファンドを確保できている場合には思い切って転職することを考えてもいいだろう。ひょっとすると、あなたにとっての理想の仕事を自分で作り出すことだってあるかもしれない。しかし、こうした問題でいちばん重要な点は、どの程度が十分な額なのかを知り、十分な額になったときに十分だと判断できなくてはならないことだと思う。金額は上を見始めたら切りがないので、例えば毎月100ポンド（日本円で約2万円）増えたら、ふだんの暮らしがどう変わるかを考えてみるといいだろう。家計の不安が減って、子どもたちが行きたがっていたスイミングスクールに通わせることができるだろうか？　それなら、増えた100ポンドはあなたの幸福度にきっといい影響を与えるだろう。でも、毎月100ポンド増えた結果が、あなたの飲む赤ワインがもっと高価なものになるだけだとすれば、その100ポンドがあなたの人生全般に対する幸福度を変えることはないだろう。

　FIREの究極の目標は2度と働かないことなのだけれども、アメリカとイギリスでFIREを実践している人たちに目を向けると、隠退生活を送れるだけの資産が集まっても、ほとんどの人は隠退しないというのは興味深い事実だと思う。そうした人たちは、本を書いたり、起業したり、音楽を作ったり、コンサルタントになったり、フルタイムで災害救助のボランティアをしたり、絵を描いたり、ほかの人が自宅をリフォームするのを手伝ったりしている。こうした活動は、有給のものもあれば、無給のものもある。

　隠退生活は、必ずしも「一日中ビーチに寝そべってマルガリータを飲む生活」とは限らない。もちろん、そんな日を夢見てずっと働いてきたという人もいるだろう。確かに最初の1週間、あるいは最初の1か月は、のんびり過ごして何もしないのがいいかもしれないが、その後すぐにほとんどの人はそわそわし出す。それに、そのころになるとカクテルパラソルも鼻

につくようになる。

　実際、人によっては、投資の結果、支出をまかなえるだけの資産が蓄えられたので仕事を辞めることができるようになると、最初は「やった！これで2度と働かずに済む！」と大喜びするが、その期間が過ぎると、うつ病の症状を示すことがある。

　ハピネス・リサーチ研究所では、現在「セニョークラー（Seniorklar）（高齢者準備）」という名の5年にわたる研究を実施し、デンマークの高齢者1万4000人を対象に仕事と幸福の関係を調べている。初期の研究から、従来の退職年齢が過ぎても働き続けている人の方が、そうでない人より幸福

で、孤独ではないことが分かっている。しかし、本書執筆時点では、その因果関係はまだよく分かっていない。確かに、健康問題を抱えていれば幸福度は減るし、退職年齢後に働くのも難しくなる。つまり、体調不良になると幸福度は下がり、退職時期は早くなるというわけだ。しかし、もしかすると逆もまた真なりで、退職後も働き続けることで幸福度が高くなるのかもしれない。その可能性を示唆する証拠も、すでに見つかっている。退職年齢を過ぎても働き続けている人のうち、43パーセントが仕事のおかげで目的意識を持てていると回答し、35パーセントが、自分は人の役に立っていて、まだまだやれると実感していると答えている。

　似たようなことを、FIREムーブメントの実質的リーダーであるピート（ピーター）・アドニーは語っている。ピートいわく、自分にとって最良の日は何かを成し遂げた日──難しいタスクをやり終える、重いバーベルを上げる、ハイキングに出かける、大工仕事をする、などなど──であり、最悪の日は、何もせず家でぶらぶらしながら時間を過ごす日だという。

「私は、仕事は幸福を生み出す信じられないほど強力な源泉だと知りました。カギは、その仕事は創造的で、人との交流があり、あなたが正しいと信じる目的へと向かわせる活動に関係するものでなくてはならないということです」。仕事は、お金のためにする必要がないものの方がよいと、彼は考えている。仕事での究極の自由とは、その仕事をしなくてもよいという選択肢を持つことなのだ。

　ピートの意見は、私が気に入っている研究の1つ「百万長者の時間利用と幸福度──オランダからの証拠」の調査結果と合致している。この研究は、2019年に雑誌「社会心理学とパーソナリティ研究」で発表されたもので、富裕層が時間をどのように使い、それが幸福度とどう関係しているかを探っている。

　まず第1に、富裕層はエクササイズ（ジェット機のワックスがけとか、そういうことだと思う）やボランティア活動など、能動的なアクティブレジャーの方に多くの時間を費やしていて、リラックスやテレビ視聴といった受け身的なパッシブレジャーにはそれほど時間を使っていないことが判

明した。そして第 2 に、富裕層は、それ以外の人たちとほぼ同じ時間を労働に費やしている。大きな違いは、富裕層の仕事には自分でコントロールできる部分が多い点だ。

　富裕層が自分で・内・容と・進・め・方を決めている仕事の割合は、労働に費やす時間の 93 パーセント分であり、それに対して一般の人の場合、その割合は 76 パーセント分である。しかし、富裕層でも一般の人でも、仕事の自律性が高まれば、人生の満足度も高まっている。

　そういうわけで、仕事での自由は幸福にとってよいことだ。それは分かってもらえただろう。でも、どうやって職場へ行くかも大事なのだ。

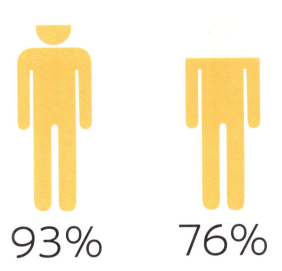

自由には車輪が2つ、ついている

　第1章で紹介したダニエル・カーネマンの研究を覚えているだろうか？調査対象者に、前日にどんな活動をして、その活動をしたときの気持ちはどうだったかを日記に書いてもらった、あの研究だ。それによると、日常の活動でワースト1位は朝の通勤で、夕方の退勤がワースト3位だった。けれども、通勤が苦痛になるとは限らない。大切なのは、通勤を何らかの形で体を動かせるものにすることであり、例えばウォーキング、ジョギング、ランニング、サイクリングなどがいい。

　デンマーク人の10人に9人が自転車を持っていて、話をコペンハーゲンに限ると、62パーセントの人が自転車で通勤している。それどころか、国会議員の大半が自転車で国会議事堂に通っている。コペンハーゲンの自転車利用者が自転車で移動する距離を合計すると、全部で毎日120万キロメートル以上になる。

　幸福という観点から言うと、どんなときでも積極的に体を動かす活動的通勤の方が、体をあまり動かさない非活動的通勤よりも優れている。自転車通勤と徒歩通勤の方が、マイカー通勤よりも気分が爽快になるという研究結果も複数ある。そのひとつで、カナダ・モントリオールにあるマギル大学の研究者チームが実施した研究では、どの交通手段が私たちの心的状態に最善かが調べられた。調査対象者は3400人で、代表的な交通手段として、自動車、バス、鉄道、地下鉄、自転車、徒歩の6つについて、夏と冬の両方で調査された。

　この研究では、通勤のさまざまな側面から得られる満足度にも注目し、そこから各交通手段の総合的な満足度が算出された。その結果、自転車通勤者と徒歩通勤者が、通勤への総合的な満足度がいちばん高く、人生への

満足度に最も大きな影響を与えているのは通勤だと回答し、人生への総合的な満足度がいちばん高かった。一方、マイカー通勤やバス通勤をしなくてはならない人は、満足度がいちばん低かった。地下鉄と鉄道の利用者は、その中間だった。

　これとは別の、イーストアングリア大学の研究者たちによる研究「活動的通勤は精神的健康を改善するか？　全18回のイギリス世帯パネル調査から得られた長期的証拠」(学界の常識では、学術論文のタイトルは長ければ長いほどよいとされている) では、通勤者を長期間追跡調査して、通勤手段を変えたときに何が起きるかを明らかにした。イギリスで１万8000人

を対象に調査した結果、マイカー通勤から徒歩通勤または自転車通勤に変えた人は精神的健康に改善が見られ、たとえ変更後に通勤時間が長くなっても、そうした傾向に変わりはなかった。

　あらゆるものが歩いて行ける距離にある。ただし、時間を度外視すればの話だが。冗談はさておき、通勤に要する距離は、当然ながら、職場まで徒歩や自転車で行けるかどうかを左右する。働いているデンマーク人の約46パーセントは、勤務先から10キロメートル以内に住んでいて、29パーセントは5キロ以内に住んでいる。5キロも10キロも、間違いなく自転車で行ける距離だ。

　私は、自転車に乗ると自由になった気分になる。とりわけ、朝の渋滞でずらりと並んだ自動車の列を横目に見ながらスイスイ進んでいるときは爽快だ。コペンハーゲンのラッシュ時には、自転車通勤が職場にいちばん早く着ける方法であることが多い。しかも、駐車場所を探すストレスや苦労やコストからも自由だ。自動車はお金が減って、腹回りに脂肪がたまるが、自転車は脂肪が減って、懐にお金がたまる。職場が自宅から遠くて自転車通勤できない人もいるだろうが、そんな人は、ふだんの買い物に自動車ではなく徒歩や自転車で行けば、車の利用を減らすことができるだろう。

　イギリスでは、マイカー所有者はガソリン車またはディーゼル車を走らせる経費として毎月平均で218英ポンド（日本円で約4万2000円）を支払っている。しかも、これには自動車ローンの返済金は含まれていない。また、平均的な家庭は、自動車の購入または自動車ローンに1年でおよそ1100英ポンド（約21万円）を費やしていて、これは家計の4.3パーセントに相当する。こうしたお金を自動車に使うのでなくFUマネーとして蓄えることを考えてみてはどうだろう。

ハッピーワーク

☐　まずは自分の支出を記録してみよう。現在と同じ生活を送るためには、ほんとうはお金が毎年いくらぐらい必要なのか、確かめよう。手始めに、こんなことを考えてはどうだろうか。「HBO と Netflix とディズニープラスと Amazon プライムに全部で毎年 460 ポンド払っているけど、4 つともほんとうに同時に必要なんだろうか？　もしかすると、この 4 つをうまくやりくりすればコストをおよそ 4 分の 1 に減らせるんじゃないだろうか？」。「安い」と書いて「倹約」と読むことを肝に銘じること。

☐　自分のフリーダム・ファンドを蓄え始めよう。「でも、私は仕事が好きなんだ！」とあなたは言うかもしれないし、それはそれでけっこうなことだと思う。でも、その気持ちが変わったらどうする？　もしかしたら今から 5 年後、あなたにとって最高だった上司が仕事を辞めて起業し、その後任として、自分のポルシェの自慢話や、「この夏アイアンマンレースに出場するためトレーニングしているんだ」という話しかせず、仕事となると「このレポート、月曜日の朝 8 時までにやっておいてくれない？」と言ってくるような人間がやってくるかもしれないのだ。

☐　どんな副業なら楽しいと思えるか考えよう。報酬は多くなくていいので、あなたが楽しいと思えて、自分で完全にコントロールできる仕事がいい。

☐　あなたの職場に「3 メートル・ルール」や「火曜日の午前中はクワイエット・タイム」といった取り組みを導入することは可能か、探ってみよう。

☐　もし新たな職場を探している最中なら、面接の場で柔軟性に関する 5 つの質問をしよう。もし転職を検討中なら、さまざまな職業が柔軟性という視点からだとどう見えるかを調べよう。

☐　今こそ、気分を爽快にしてくれる自転車のほこりを払うときだ。職場が自転車通勤できないほど遠くにあるなら、別な仕事を探すか、転勤願いを出すことを考えよう。もちろん、それができない人もいる。特に子どもがいる人には難しいだろう。でも、職場が自転車で行ける距離になったら、マイカー通勤はやめて、いっそのこと自動車も手放そう。そうすれば、もっとお金に余裕が生まれるし、健康になれるし、幸福にもなれるだろう。

CHAPTER 5

ワーク・ライフ・バランス という神話

第1章で日本語の「過労死」という言葉を取り上げた。この「仕事関連のストレスまたは非人間的な職場文化を原因とする死」を意味する言葉が最初に登場したのは、1970年代のことだった。

　2015年、日本の広告代理店である電通の若い女性社員が投身自殺した。彼女は毎月100時間以上の時間外勤務を無給で強いられていたことが分かり、電通は労働基準法違反で罰金を科され、同社の社長は引責辞任した。以来、日本政府と電通は過労死削減の取り組みを打ち出している。例えば電通では、午後10時にオフィスの照明を自動的に消して社員が会社に残れないようにしているし、日本政府は、年次有給休暇を最低5日取ることを義務化した。しかし、日本の労働者は年20日の有給休暇が認められているにもかかわらず、平均して10日分は手つかずのまま、けっして消化されることはない。今でも数百件の過労死が報告されているが、報告されていない事例もあって実際の件数はもっと多いのではないかと見られている。日本特有の現象として登場した過労死は、今では世界規模の問題となり、私たちの健康と幸福をむしばんでいる。

　世界保健機関（WHO）が2021年に公表した画期的な研究によると、長時間労働（「週55時間以上の労働」と定義される）の直接的な結果として脳卒中および虚血性心疾患（冠動脈心疾患ともいう）を発症して亡くなる人は、毎年74万5000人いるという。この数字は2000年より29パーセント増加しており、過労が世界中で深刻な健康問題になっていることが分かる。

　長時間労働が健康と寿命に与える影響には、直接的なものもあれば間接的なものもある。直接的な影響としては、血圧上昇など慢性ストレスによる心身症があり、間接的なものには、働き過ぎが仕事以外の生活全般に及ぼすさまざまな悪影響がある。例えば、睡眠時間が減る、運動が（そもそもしていたのであれば）減る、健康にあまりよくない食べ物を食べる、喫煙量が増える、飲酒量が増えるなどで、そのどれもが健康を損なう原因になっている。

　2021年のWHOによる研究では、10年という潜伏期を取って、働き過ぎ

が健康に与える長期的影響を観察・記録した。働き過ぎによる死は、一夜にして起こるものではない。それは朗報だ。手遅れになる前に対策を打てるチャンスがあるからだ。

　世界には、長時間労働を避けるため思い切った行動に出る人もいる。もう5年以上前の話になるが、仕事での幸福度についての会議に参加するため訪れた韓国のソウルで、20代前半の男性とランチを食べながら交わした会話のことは、今もよく覚えている。世の中にはちょっと話しただけであふれる知性を感じさせる人がいるけれど、この若者もそうした人物だった。彼は会議の手伝いをしていたが、まだ大学生で、これから就職する身だったので、興味を持った私は、彼が仕事では何をしたいと思っているのか尋ねてみた。すると、彼はテーブル越しに身を乗り出して、まるでこれから国家機密を打ち明けるかのような雰囲気でこう言った。

「私はアメリカに行きたいんです。どんな分野でもかまいません。でも、移民したいならIT分野がいちばん確実だと思っています」

「で、どうして韓国から出たいの？」と私は聞いた。

「この国では期待できない、もっとよいワーク・ライフ・バランスがほしいんです。あなたのいるヨーロッパはワーク・ライフ・バランスが星5つだそうですし、アメリカは星が3つしかないらしいですが、この国は星がゼロなんです」

　残念ながら彼の言葉が正しいことは、データからも明らかだ。OECD（経済協力開発機構）によると、2021年、労働者1人あたりの年間労働時間は、世界平均で1716時間だった。労働時間が最も少なかった国トップ3はドイツ、デンマーク、ルクセンブルクで、最も多かった国トップ3はメキシコ、コスタリカ、チリだった。私としては、年間労働時間と幸福度の相関関係を指摘せざるをえない。幸福度の高い国は、労働時間が少ない国でもあるようだ。働かないことは幸福にとってよくないが、働き過ぎることも幸福にとってはよくないのである。

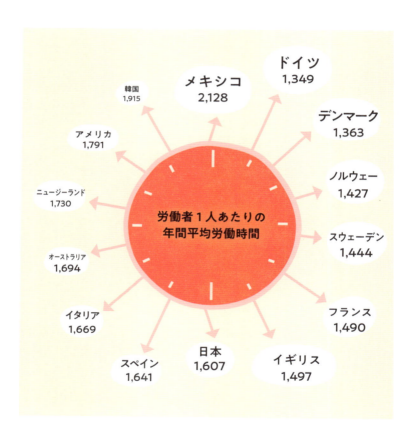

北欧式ワーク・ライフ・バランス

　イギリスやアメリカからデンマークに移り住んだ人に話を聞くと、ワーク・ライフ・バランスの違いを強調することが多い。その変化をいちばん分かりやすく説明したのが、ライフスタイル・ジャーナリストのキャシー・ストロングマンが2012年にイギリスの新聞ガーディアンに寄稿した次の文章だ。当時彼女は家族とともにコペンハーゲンで暮らしていた。

　　私たちの生活の質は急上昇し、以前は筋金入りのロンドン至上主義者だったのが、今では自分でも恥ずかしくなりそうなほど「ダンスク」つまり「デンマークのもの」すべてに夢中になっている。いちばん大きく変わったのはワーク・ライフ・バランスだ。以前は、夫のダンカンが職場を夜の9時ごろ脱出してから私と2人で慌ただしく夕食を済ませることもあったが、今では夫は5時にデスクを離れている。5時30分以降も働いていると、オフィスは人っ子1人いなくなる。週末も働いていると、デンマーク人から「頭がおかしい」と思われる。それもこれも、すべては家族が毎日1日の最後に時間を取って、いっしょに遊び、いっしょに食事をするためだ。そして、今ではそのとおりになっている。ダンカンはほぼ毎晩1歳2か月になる娘リヴをお風呂に入れて、ベッドで寝かしつけている。夫と娘は大の仲よしで、世間にいると聞く、週末ごとに改めて親交を深めようとする血のつながった他人になることはなかった。

　私は、彼女のその後をインターネットで追った。現在キャシーは、ノルウェーのスタヴァンゲルで自分のピラティススタジオを経営している。一時は夫の仕事の都合で一家はコペンハーゲンからアメリカのヒューストンに移ったが、今は北欧に戻っている。リヴは現在12歳で、弟と妹が3人いる。私は彼女と、イギリスやアメリカと比べて北欧のワーク・ライフ・バ

139

ランスが違っている点について話をした。

「北欧では、その人の私生活や時間を尊重する気持ちがほかより強いように思います」とキャシーは語る。「それに、みんな自分の都合に合わせて働いているようです。ロンドンでは、私は午後7時にオフィスを出る場合がありましたし、ダンカンは10時30分まで働くこともありましたが、ここでは、仕事はもっとギュッと詰まっています。働く量が少ないのではなく、もっと集中して働いているんです。『それはあなた自身の責任であり、自分の都合に合わせてやればいい』という意識が、この国ではずっと強いのです。仕事は5時までに終えてしまい、もし終わらなければ、退勤して帰宅し、夕食を食べて、それから夜にちょっとだけ仕事をすればいいんです」

キャシーは、さらにこう続ける。「ノルウェーでは、会議中にバーネハーゲ（barnehage。「保育園」のこと）から電話があって子どもを迎えに行かなくてはならなくなったら、中座して子どもを迎えに行けます。もしこれがロンドンで、保育園から電話があったら――もう大パニックです」。彼女は、仕事が人々の自由時間を侵略していると指摘する。例えば、休暇でビーチにいるのにスマホで仕事の話をしている人や、仕事の都合で結婚披露宴を中座しなくてはならない人がいる。「そんなことは、この国では絶対に起こりません」と、キャシーは断言する。

またキャシーは、アメリカとイギリスでは人々が北欧よりおびえながら暮らしていると思っている。仕事を失うのではないかという恐怖から、仕事がすべてに優先されているというのだ。けれど北欧では、思い切った行動に出る人が多い。なぜなら、起こりえる最悪の事態も実際はたいして悪くはないと分かっているからだ。仮に仕事を失っても路頭に迷うことはない。北欧諸国の社会保障制度は完璧からはほど遠いが、それでも困っている人たちを大勢すくい上げている。

だから私たちは誰もが失業手当について関心を持つべきであり、社会を評価するときは、その社会で最も弱い者たちがどのような待遇を受けているかで判断すべきなのである。解雇されるかもしれないという不安から、

ブラッドもベリンダもロジャーもアリスもオフィスに8時まで残っていて、そのせいで7時に退社する人が、たとえ5時までに仕事を全部終わらせていたとしても、怠け者と見られてしまう。

　子どもたちがもっと大きくなったら、キャシー一家はコペンハーゲンに戻ってくるかもしれない。だが今のところは、一家にとって生活の質がもっとよくなりそうな場所をよそに見つけるのは難しいようだ。キャシーは、ピラティスを教えるのが大好きだ。ダンカンの上司は彼女の生徒で、毎週レッスンを受けている。この上司にとってピラティス・レッスンは、仕事を離れて健康を管理するための大事な息抜きなのである。

　キャシーの例は、データポイントの1つにすぎないものの、ビッグデータ全体から分かることと一致している。例えば、欧州社会調査は2001年からヨーロッパ全土で国境を越えて実施されている学術調査で、38か国からデータを収集しているが、その欧州社会調査からは、私たちの幸福に対する最大の脅威の1つが余暇を侵食する仕事であることが分かる。

　もしあなたが仕事の後はくたくたに疲れ切っていて何も楽しめなかったり、仕事をしていないときも仕事の心配をしていたり、仕事のせいで家族や友人と過ごす時間が取れなかったりしているなら、それはあなたの幸せがさまざまな場面で損なわれているということだ。仕事への満足度も、人生への満足度も、全体的な幸福感も、日常的に経験するさまざまな感情も、すべて損なわれているのだ。だから、企業が週4日労働制を試験的に実施すると何が起こるか、見てみるとおもしろいと思う。

週4日労働制から学べること

　最近ケンブリッジ大学とボストン大学の研究者たちが、イギリスで週4日労働制に関する最大規模の実験を終えた。この実験には、61の企業と2900人の労働者が参加し、参加者は6か月間にわたって週に4日間だけ働いた。

　実験は大成功だった。従業員のあいだでストレスが下がり（39パーセント減）、燃え尽き症候群は減り（71パーセント減）、離職率は下がり（57パーセント減）、病欠日が少なくなり（65パーセント減）、収益が少しだけ増えた（1.4パーセント増）。文句のつけようがない。

　しかし、この実験にはバイアスがかかっている。参加した61社は、すべて自分から参加に名乗り出た企業だったのだ。当然その事実は結果にも影響している。実験への参加契約を結んだのは、週4日労働制は導入可能とすでに判断している企業だけだったろうし、たぶんそうした会社は、どうすれば実行できるかもすでに検討していたと思う。また、実験終了後に参加企業61社のうち56社（つまり92パーセント）が週4日労働制を継続し、2社が別の形で週労働日を減らす実験を行ない、週5日労働制に戻ったのは3社しかなかったのも、おそらくこれが原因だろう。

5日分の仕事を4日でやる方法

　週4日労働制を実現させるには企業が生産性を高める方法を見つけなくてはならず、それは要するに、送信するメールの数を減らし（または、メールを送信する相手の数を減らし）、社員どうしで相手の仕事を中断させないようにし、会議を削減するということに落ち着く。ヴァージン・グループの創業者リチャード・ブランソンは、次のように言ったとされている。「多くの時間が会議で浪費されている。協議事項は忘れられ、話題はそれ、出席者は注意散漫になる。ワークショップや、比較的手の込んだプレゼンが行なわれたりする場合は別だが、議題が1つしかない会議を5分から10分以上続ける必要があることは非常にまれだ」

　先の実験からは、週何日労働かに関係なく誰もが実践できる、少ない時間で多くの仕事をこなすためのヒントが見つかった。そのいくつかを紹介しよう。

会議の文化を変えよう。会議の回数を減らし、会議の時間を短くし、各会議には明確な議題を設けよう。

中断されることなく仕事ができる「集中タイム」を毎日設定しよう。

次の出勤日のために「やることリスト」を準備しよう。そうすれば、何に集中して取り組まなくてはならないのかが、すぐに分かる。

メールの宛先に受信者を増やすのは、よく考えてからにしよう。CCでメールのコピーを送るだけだとしても、相手は受信トレイに届いたメールを処理しなくてはならないのだから。

自動化しよう。例えば、ハピネス・ミュージアムにメールを出すと、よくある質問に対する答えが書かれた自動返信が送られてくる。

どんなタスクでも、携わる人間の数はできるだけ少なくしよう。

　もちろん、どんな組織にも適用できる「汎用型」週4日労働制などというのは存在しない。業界も、企業も、組織も、文化も、多種多様だ。だから多種多様なモデルに目を向ける必要がある。例えば「日差出勤モデル」では、従業員が休日を順々に取って、組織全体で月曜～金曜の勤務予定を維持するし、分権型モデルでは、部署ごとにニーズに応じて異なる勤務予定が組まれるし、年単位制では、労働者の労働時間は年平均で週あたり32時間にしなくてはならないが、どの日を休日にするかは特定しない。

　ところで、もしあなたの会社が週4日労働制を考えようとしておらず、北欧への移住があなたの選択肢に入っていないとしたら（ひょっとして、「北欧ノワール」と呼ばれるサスペンス映画を見て「北欧は殺人事件の発生率が異常に高い」と思っていないだろうか？）、どうすればいいだろう？　そもそも、企業がワーク・ライフ・バランスの改善を後押しできる方法は、まだほかにたくさんある。次のページでいくつか紹介するので、その中にあなたの職場で実践可能なものや、上司に提案できそうなものがないか、見てみよう。

145

企業がワーク・ライフ・バランスの改善を後押しするためにできる 5 つの方法

1. 余った料理を有効活用しよう。以前ハピネス・リサーチ研究所でいっしょに仕事をした企業の 1 つは、社員食堂で余った料理を容器に入れて、従業員が自宅に持ち帰られるようにしていた。そうすれば、従業員は帰宅してから夕食を作らずに済むし、会社はフードロスを削減できた。まさしくウィン・ウィンだ！

2. 柔軟な就労形態を整備しよう。フレックスタイムや、リモートワーク、ジョブシェアリングなどの制度があると、従業員は仕事と私生活のバランスを取ることができる。

3. 子育て支援をしよう。社内保育所や委託保育所を整備して、働く親の子育てに協力しよう。

4. コミュニケーションのガイドラインを作ろう。例えば、BPO サービス会社の TaskUs には「ノー・チャット・ウィークエンド」というポリシーがあり、週末には仕事関連のメールやチャットメッセージを送らないよう従業員に呼びかけている。

5. 管理職が率先する形で企業文化の刷新を進めよう。管理職が定時に退社し、育児休暇を取り、週末にのメール送信をやめれば、従業員も同じ行動を取る可能性が高くなる。

幸福へのアドバイス
同僚が接続しないでいられるようにしよう

　もしもあなたが私と同じタイプなら、飛行機に乗って体験できる喜びの1つは——雲の上に出て太陽を拝めることを除けば——Wi-Fi がないことだろう。少なくとも、昔は飛行機に Wi-Fi はなかった。メールにアクセスできないおかげで、受信トレイにたまる未読の数を減らさなきゃというプレッシャーを、少なくともフライト中は感じずに済んだ。機内では文章を書いたりプレゼンの準備をしたりすることもあるが、ひたすらリラックスしたり、本を読んだり、ポッドキャストを聞いたり、AC/DC のアルバム『バック・イン・ブラック』をリピート再生で聞いたりすることもある。そう、私はそういう年齢なのだ。それに、ときどきメールにアクセスできない状態を楽しんでいるのは私だけではないと思う。アクセスできない状態になると、私のような AC/DC 大好き世代の人間は、昔は職場に行って働いて、職場から帰れば働かない時代があったことを思い出す。受信トレイをチェックしたり、すぐに返信を送ったりすることはなかった。

　これにはデータの裏づけもある。イギリスのメンタルヘルス財団（Mental Health Foundation）によると、高度のストレスを感じている人の12 パーセントが、メッセージにすぐ返信しなくてはならないという気持ちがストレス要因になっていると回答した。インターネットに接続されている世界で暮らすことには利点も多いが、その一方で、私たちが対処しなくてはならない仕事がらみのストレスを生み出す完全に新しい発生源にもなっていて、しかもやっかいなことに、それは仕事が終わった後もついて回って、私生活を侵食している。

　けれども、ありがたいことに企業の中には、従業員には休憩時間と息抜きと、ひっきりなしに押し寄せるメールから逃れるチャンスとが必要であることを理解している会社もある。2012 年、ドイツの自動車メーカー、

フォルクスワーゲンは、夕方から朝までブラックベリー（BlackBerry）社のメールサーバー（改めて言おう、これは2012年の話だ）をシャットダウンし、一部社員がメールにアクセスできないようにした。おかげで社員はメールの着信音で気をそらされることなく安心してDVDを見たり、当時のヒット曲「コール・ミー・メイビー」に合わせてダンスしたりできた。

　現在、フランスとドイツとアイルランドでは、労働組合が接続しない権利を勝ち取っている。例えばフランスでは、リモートワーカーの始業時間と終業時間について、メールのやり取りをしてはいけない時間帯を設定することで、より厳格な境界を定める規則が導入された。

　ここで問題となるのが、当然ながら人によっては、子どもを寝かしつけた午後8時以降にメールを読んで返信できると助かる場合もあることだ。だから、私たちが目指すべきは、「すべてのメールになるべく早く返信しなくてはならない」と感じなくてもいい権利と、同僚に「私たちはあなたのワーク・ライフ・バランスの取り方と境界線の引き方を尊重します」としっかり伝える権利なのだろう。

　そんな企業文化を生み出す方法の1つとして、例えば次のようなシグネチャをメールの末尾につけてはどうだろうか。「私は柔軟な働き方をしており、通常の業務時間外にメールを送信しています。そちらの業務時間外に私のメールに返信していただく必要はありません」。

　試しにこれをやってみれば、受信トレイに支配されている気分が薄れるだけでなく、もしかすると、ほかの人もあなたを真似て同じことをやろうとするかもしれない。

9時から5時まで以外では
家事を分担しよう

「あなたが書き送ってきた返事を読んで、私は階段から転げ落ちそうになりましたよ」。以前私は、LinkedIn（リンクトイン）で知り合った市内在住の女性から、パートナーシップについて話がしたいので直接お目にかかれませんかと尋ねられたことがあった。私は「これから6か月間、育児休暇を取るので無理です」と返信した。彼女は私の反応が信じられなかったようだ。

　私の方こそ、彼女の反応が信じられなかった。もっとも、これについては私の方が例外だと分かっているし、家族にやさしい政策がとても多い社会で暮らすのは大きな特権であることも承知している。北欧諸国では、父親と母親が共同有給育児休暇を取ることが認められている。休暇期間は、父親と母親のあいだで好きなように分配することができて、アイスランドでは合計で39週が育児休暇に当てられているし、スウェーデンでは、新たに子どもが生まれた親には子ども1人あたり何と69週という長期の休暇が与えられる。つまり、父親と母親で山分けできる休暇がたんまりあるので、北欧諸国の父親は世界のどの国の父親よりも育児休暇を取っている。

　北欧諸国では、「父親と母親は子育てに対して平等に責任を負うべきだ」「子どもには父親と母親の両方といっしょにいる権利がある」と広く考えられている。しかし、育児休暇を父親母親の両方が取れる利点は、子育てだけにとどまらない。共同育児休暇のおかげで、労働市場に参加する男女の割合がもっと平等になって、無給の家事労働に縛られる女性が減ったほか、家庭での男女平等も進んでいる。育児休暇を長く取る男性は、無給の家事も多くやり、父親・母親の両方が仕事に戻った後に父親ひとりで子どもの世話をする時間が長くなる。これによって父親と母親が共同で責任を

持つという基本的な感覚が養われている。

　さらに、男性が育児休暇を長く取るのは、女性と子どもに利点があるだけでなく、男性にも大きなメリットがある。北欧閣僚理事会の報告書「共同有給育児休暇——北欧諸国における職場でのジェンダー効果」によると、デンマークを含む世界各国からの研究で、男性が子育てに積極的に取り組むと健康状態が改善され、寿命が延びるという結果が出ている。このような効果を「育児休暇効果」という。育児休暇を取る男性は、そうでない男性よりも子どもの世話に積極的に取り組み、子どもとの関係が良好で、子どものニーズについてパートナーとよく話し合い、子どもやパートナーの日常生活をよく理解している。

　デンマークは、同一業務同一賃金や、指導的地位に就く女性数の増加といった点では、まだまだやるべきことがあるが、男女平等については、ほかの北欧諸国ともども、比較的よい成績を収めている。少なくとも、欧州ジェンダー平等研究所が2022年に公表した、EU加盟国を対象としたジェンダー平等指数からは、そう読み取れる。

ジェンダー平等指数

指数100は、その国ではジェンダー間の完全な平等が実現されていることを示す。

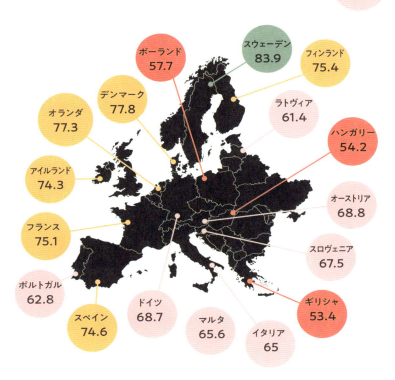

平等度が高い国ほど幸福だと聞いても、意外でも何でもないと思う。負担が倍、つまりフルタイムで働きながら、なおかつ、細々とした家事をすべてこなしていては、幸福になれるはずがない。もしあなたが配偶者またはルームメイトと暮らしていて、家事の負担が公平でないと感じているなら、家事の分担について話し合った方がいいだろう。

幸福へのアドバイス
公平な家事分担を実現させる 6 つのステップ

1. まず、家でやらなくてはならない作業・用事・雑用をすべて書き出してリスト化する。

2. リストの項目をひとつひとつ確認しながら、その項目を基本的に誰が担当しているかを考える。コロナ禍によるロックダウン中、多くの人が自分の家で 1 日のうちに起きることを目にして、家を切り盛りするのにどれほど多くの仕事が必要なのかを実感した。

3. 作業に優先順位をつける。その際は、どれが家庭をきちんと回すのに不可欠な作業（例えば料理、掃除、洗濯など）で、どれがやりたいときにやればいい作業（部屋の模様替えなど）かを考えて順位づけすること。やると快適になるが不可欠だとまでは言えない作業（毎朝のベッドメーキングなど）があれば、それを家事代行に依頼したり、まるっきりやらないことにしてしたりできないか、考えるといい。

4. ひとつひとつの作業のやり方を話し合う。例えば、リビングの掃除では、書棚の本を全部出して徹底的にやるのか、それとも、それほど手間をかけず短時間で済ませる方法を取るのかを相談する。

5. 不可欠リストに載った作業の担当者を決める。ある作業を楽しんでやれる人がいるなら、その作業はその人に担当してもらうといい。例えば料理が大好きな人は、料理を嫌な仕事とは思わず、楽しみに満ちた創造性あふれるプロセスと感じるだろう。

6. あまりやりたくない作業は負担を分け合い、そうした作業の中に業者に委託できるものや、楽しんでできる作業と組み合わせられるものがないか検討する。例えば、洗濯物をたたむ作業を、好きなテレビ番組を見ながらやれば、それほど退屈に感じずに済むだろう。

ドゥグナッツオンで
力を合わせて取り組めばみんな幸せ

　日常の家事はこれでいいとして、それより大きなプロジェクトとなると、話がまったく違ってくる。「それより大きなプロジェクト」とは、部屋の壁を塗り直すとか、テラスを作るといった、完了させるのに余暇の時間を使わなくてはならず、そのため「仕事」と「生活」の境界が曖昧になるように思われる大がかりな活動のことだ。そうした活動をもっと楽しめるものにしたいのなら、多くの社会で納屋を建てるときに使われている伝統的な方法を参考にしてはどうだろうか。

　納屋のような大きな構造物を建てるのは一大プロジェクトであり、一般的な1つの家族でまかなえる以上の人手を必要とする。そのため昔から、納屋を建てるときには地元のコミュニティーに（無償で）協力してほしいと頼むのが一般的で、これは特に18世紀から19世紀のアメリカではよく見られた慣行だった。お互い様の精神で助け合うことにより、コミュニティー全体が結束を強め、レジリエンスを高め、さらには——これが私の言いたい点だが——より幸福になれる。友人や近所の人を集め、つらい作業を楽しいイベントに変えれば、納屋だけでなく友情も築くことができる。

　この伝統は、キリスト教の一派アーミッシュのコミュニティーで生き続けているほか、小規模ではあるが、デンマークをはじめ北欧諸国の多くの場所にも残っている。デンマークでは、これを「arbejdsfællesskab」（アーバイツフェレスカブ。意味は「仕事のコミュニティー」）と呼び、フィンランド語には「talkoot」（タルコート）という単語があって、これは「グループ全体の利益になるかもしれないことや、個人では達成できないことを成し遂げるため組織された、友人や近隣住民の集まり」を意味している。ノルウェー語には、「ほかの人といっしょに行なうボランティア活動」

を意味する「dugnad」(ドゥグナッド) という単語と、「ドゥグナッドの精神」を意味する「dugnadsånd」(ドゥグナッツオン) という単語がある。このうち「dugnadsånd」は、2004 年にノルウェーで「今年の言葉」に選ばれ、2020 年にはコロナ禍を乗り越えるためのスローガンとして使われた。

　友人のイーダと彼女の家族は、この方法でほかの 2 つの家族と協力しながら活動している。毎年、3 家族から 1 名ずつが集まって、例えば屋外のピザ窯を作る、ニワトリ小屋を建てる、羊を放牧する土地を囲うフェンスを設置するといった、大きなプロジェクトの計画を立てる。3 家族は協力して、春に 1 つ、夏に 1 つ、秋に 1 つ、合計 3 つのプロジェクトを順々に完了させる。各家族が責任を持って必要な資材や消耗品を購入し、道具は全員が持ち寄る。3 家族はいっしょに働き、いっしょに食事をし、いっしょに笑う。とってもすてきな週末の過ごし方だと、私は思う。

　いっしょに汗を流して働くことは思っているよりはるかに楽しいし、プロジェクトはずっと早く完了するし、ほかの人から新たなスキルを学ぶ方法としてもすばらしい。

　だから、勇気を出して人を誘って、あなたのプロジェクトに協力してもらおう。それは、誘われた人にとっても幸せあふれる経験になるはずだ。

「ワーク・ライフ・バランス」から
「ワーク・ライフ・ブレンド」へ

　古い話になるが、1999 年、私はぶどうの収穫期に、フランス・シャンパーニュ地方にある J・マルケットぶどう園でぶどう摘みの仕事をしていた。夜はぶどう搾り機がある小屋の 2 階で床にマットレスを敷いて眠り、朝になると私たち摘み手は園主ジャック・マルケットの「ボンジュール！」という大声で起こされる。においの強いチーズたっぷりの朝食を食べ終えると、私たちはバンの後ろに乗って、村の周辺にいくつも並ぶ細長いぶどう畑に向かい、籠にぶどうを入れ始める。

　摘み手は全員がパートナーとペアを組み、ペアでぶどうの木を挟むように立って、ぶどうをひとつひとつ手で摘んでいく。摘み取りながらぶどうの木の列に沿って進み、最後のペアが摘み終わるのを待って、別の場所に移動して同じことを繰り返す。1 日中ずっと中腰で作業し、剪定ばさみでうっかり自分の指を切ってしまうこともあって、なかなかつらい仕事だ。けれど、やりがいもあった。剪定ばさみで 1 回チョキンとするたびに作業が進んでいるのが目に見えて分かったからだ。それに、夕方になって村に戻れば、ぶどう搾り機が稼働していて、私たちは労働の成果を文字どおり味わうことができた。その後は、食べて飲んで歌って——そして、くたくたになりながらも幸せな気分で、硬いコンクリートの床の上で眠った。

　確か収穫作業はたったの 10 日間ほどだったと思うが、それでも、この思い出は一生忘れないと思う。今でもたびたび、ぶどう園で働き、キッチンでごちそうを食べた当時のことを思い出す。

　あの 10 日間でもらった給料は、総額で 200 ポンドか 300 ポンドほど（日本円で約 4 ～ 6 万円）だったと思う。大金ではないけれど、22 歳の若者

にとってはそこそこの額だ。だから、これは厳密に言えば有給の仕事だったが、今にして思うとまるで休暇のようだった。これが、私が「ワーク・ライフ・バランス」という言葉が嫌いな理由だ。

仕事と生活を対立する概念として考えるのは、「仕事は人生の一部ではない」「人生は、仕事という毒によく効く、幸せで平穏な特効薬」と言っているようなものだ。でも、誰もが分かっているとおり、話はそんなに単純ではない。むしろ私は、仕事と生活がひとつになった「ワーク・ライフ・ブレンド」を目指す方が理にかなっていると考えている。

私にとっていちばん楽しかった日々のいくつかは、振り返ってみると、仕事と生活がひとつになっていたように思う。シャンパーニュ地方でぶどう摘みしたのもそうだし、父親とワインのボトルを空けながら、開館が迫るハピネス・ミュージアムの間取り図を見て、どの部屋に何を置こうか相談したのも、友人たちといっしょに雑誌「フォトラマ」を発行したのも、友人のヤコブといっしょに副業としてスリランカから紅茶を輸入しようとしたのも、スペインに行って3か月間生活しながら、お世辞にも上手とは言えないフィクションを書いたのも、そうだ。お金になった仕事もあれば、ならなかった仕事もある（経験者から一言：輸入する紅茶は世間の好みに合うものだけにすること）。けれども、そうしたすべてが私のスキルとアイデンティティーと思い出を作ることになった。

仕事には、自分にとってよいものもあれば悪いものもあるが、すべての仕事を「悪い」と決めつけ、生活のすべてを「よい」と分類するのは間違っていると思う。

私は、ぶどう摘みでの経験もあって、人には「機会があればワーキングホリデーを取った方がいい」と勧めている。ほかの国で働くのは、広い世界を見るのに絶好の方法だ。何しろ、ずっと生活費を稼ぎながら、いろいろな人と出会い、知らない文化に触れ、人生を変えるような体験ができるのだ。もしかすると、あなたの持っているスキルが理髪術とか看護術とか大工術なら、ほかの国ではとても役に立つかもしれないし、バーで働いたり言語を教えたり、さらにはスキーやサーフィンといったスポーツを指導

したりできるかもしれない！

　ほかの国へ働きに行くのは不安だという人もいるだろう。「税金はどうすればいい？」「現地で銀行口座を開く必要があるのか？」「医療保険や労働保険は？」。不安は尽きない。幸い、デンマークにはスカンディメイト（ScandiMate）という会社があって、海外で働きたいと思っている職人向けにサービスを提供している。もしあなたがデンマーク人の大工なら、カナダのログハウスなんかはぜひ手がけたい仕事ではないだろうか。

　スカンディメイトは、飛行機のチケットから、労働許可、旅行保険、滞在中の住居、現地の銀行口座、納税者番号、さらにはスマホ用 SIM カードと、何から何まで世話してくれる。これまでにオーストラリア、ニュージーランド、カナダにデンマーク人を送り出している。あなたの国にも同様のサービスを提供してくれる会社がないか、探してみてはどうだろうか？

人生の季節を受け入れよう

　私たちは1年を通じてさまざまな季節を体験しているが、人生にも季節があって、忙しくて多くの仕事に携わる季節もあれば、それほどでもない季節があることを心に留めておくと、何かと役に立つと思う。

　私は、仕事の多い季節を何度も経験してきた。あるときは、48時間で面接を75回こなした。1年のうち80日間が出張だった年もあった（この年には、バイクの後ろに座らされ、車の列を縫って空港まで送ってもらったこともあった。その日は午前中にロンドンでプレゼンを1つ行なった後、ランチの直後にコペンハーゲンでプレゼンをもう1つしなくてはならなかったからだ）。夜遅くまで会議用の名札を名前順に並べていたとき（私の勤めていた会社が主催する会議が翌日に控えていて、しかも会議への出席者は1000人を超えていた）、午前2時になって、いっしょに作業していた同僚はファミリーネームの順に並べていて、私の方はファーストネーム順に並べていたのに気づいたこともあった。ちなみに、その週の私たちの労働時間は100時間を突破していた。あのころはたいへんだったが、楽しかった。そうかと思えば、仕事がなくて遊んでばかりいた季節もあった（たいていは育児休暇中で、レゴを組み立てたり、子どもを寝かせつけるため本を読んだりして過ごした）。

　人生、すべてが思いどおりに行くかもしれないが、すべてが同時にかなうことはないだろう。もしかすると幸福な人生のカギは、人生の季節、つまり、生きているうちに何度も経験する仕事や人生での浮き沈みを前向きに受け入れることなのかもしれない。それに、そろそろ「ワーク・ライフ・バランス」という考え方を捨て、代わりに「ワーク・ライフ・ブレンド」を受け入れる方がいいのではないかと思う。

ハッピーワーク

☐　外国で働くことを検討しよう。ほかの国に行けば、仕事と生活がもっと一体となった暮らしを、あなたやあなたの家族は送れるかもしれない。永住しなくてかまわないし、ワーキングホリデーで試してみるのもいいだろう。フランスでのぶどう摘みでも、オーストラリアでの山林伐採作業でも、何でもいい。ぶどうの摘み手も、伐採作業員も、国境なき医師団も、すべて OK だ！

☐　週4時間労働制の実験から学んだことを応用して、もっと短時間でもっと多くの仕事を終わらせる方法を考えよう。例えば、ある会議に出る必要がないと思ったら、その会議の世話役に「私が出席することに意味がありますか？」「会議に出ずに、会社のためにもっと価値を生み出す活動をしてかまいませんか？」と聞いてみよう。

☐　「アーバイツフェレスカブ」または「タルコート」または「ドゥグナッド」——呼び名は何でもいい——を作ろう。4人程度の仲間か、4つほどの家族を集め、この先1年間に1日または1回の週末を使って、各自の「やることリスト」に載っていて、いつか実現させたいと思っていた比較的大きな DIY プロジェクトを、お互いに協力しながら順々に実現させていこう。この方法だと完成させられる可能性は高くなるし、作業がもっと楽しくなる。

☐　家事の負担は公平だろうか？　家事分担について話し合おう。付箋を用意しておくと便利。

CHAPTER 6

成功とは何かを考え直す

2015年、私は2か月ほどをメキシコで過ごした。当時は本を1冊書き終えなくてはならず、その仕事はどこにいてもやることができた。こう言うと「その状況には女性も絡んでいたのでは？」と言われそうだが、それについてはご想像にお任せしたい。ともかく、このメキシコ滞在中に、私はこんな笑い話を初めて聞いた。

　　あるアメリカ人の投資銀行家が、ようやく取れた休暇を使ってメキシコのとある村に滞在していたとき、1艘の小さなボートが、たった1人の漁師と、取れたてのキハダマグロ数匹を載せて港に戻ってきた。投資銀行家はキハダマグロの見事さに感心し、そのメキシコ人漁師に「魚を取るのにどれくらい時間がかかるのですか？」と尋ねた。

　　「ほんのちょっとの時間で済む」と、漁師は答えた。

　　投資銀行家は、どうしてもっと長く海にいて、もっと魚を捕まえないのかと聞いた。漁師は、家族がその日に食べるのに十分な量を取ったからだと答えた。

　　すると、投資銀行家はこう尋ねた。「では、残りの時間は何をするんです？」

　　漁師は「ゆっくり朝寝坊して、少しだけ魚を釣って、子どもたちと遊んで、妻のマリアとシエスタをして、毎晩ぶらりと村へ行って、アミーゴたちとワインを飲んだりギターを弾いたりしている。充実した忙しい人生だよ」と答えた。

　　投資銀行家は「フッ」と笑うと、こう言った。「私はハーバードでMBAを取った人間です。ぜひお手伝いさせてください。まず漁に出る時間をもっと増やして、そうして得た利益でもっと大きな漁船を買い、大きな漁船で得た利益でさらに漁船を何隻か買って、最終的には漁船団にしましょう。取った魚も、仲買人に売るのではなく、加工業者に直接売って、最終的にはご自身の缶詰工場を持ちましょう。そうすれば製品も加工も販売量もコントロールできるようになります」

さらに、こう付け加える。「もちろん、そうなったらこの小さな漁村を出てメキシコシティに移り、そこを拠点に成長を続けるあなたの企業を経営することになるでしょう」

　黙って聞いていたメキシコ人漁師は、質問した。「それを全部するのにどれくらい時間がかかるのですか？」

　投資銀行家は「15年から20年です」と答えた。

「で、それから？」と漁師は尋ねた。

　投資銀行家は「ハハハ」と笑って、こう言った。「そこからがクライマックスです。時期を見計らって新規株式公開を発表して、あなたの会社の株式を売れば、大金持ちになれます。何百万ドルも稼げますよ」

「何百万ドルも？　で、それから？」

　その質問に、投資銀行家はこう返答した。「それから隠退生活を送るんです。小さな漁村に移り住んで、ゆっくり朝寝坊して、少しだけ魚を釣って、子どもたちと遊んで、妻とシエスタをして、毎晩ぶらりと村へ行って、アミーゴたちとワインを飲んだりギターを弾いたりできますよ」

　この笑い話をもう知っているという人もいるだろうが、どうも私たちは、この話の教訓を忘れてしまいがちだと思う。その教訓とは、「私たちは、もっと手に入れたいという思いにとらわれてしまい、ほんとうに重要なことを見失ってしまう場合がある」ということだ。それに、漁師と投資銀行家の笑い話ならどちらの選択が正しいかは簡単に判断できても、それがいざ自分のこととなると難しくなる可能性がある。

　例えば、次のＡとＢのうち、あなたはどちらを望むだろうか？　Ａ）勤務時間は週40時間。仕事への満足度は10段階評価で5。外食するのは週7

169

日で、テスラの自動車に乗り、家の掃除はプロの業者に任せ、毎週末には
ゴルフに興じ、年に2回、豪勢な休暇に出かけることができる。B）勤務時
間は週40時間。仕事への満足度は10段階評価で10。外食するのは月に1
度で、バスを使って通勤し、家の掃除は週末に行ない、金のかからない趣
味を楽しみ、年に1回、低予算の休暇に出かけることができる。

　私が幸福について講義する研修会でこの質問をすると、たいてい出席者
の約半数がAを選び、残りの半数がBを選ぶ。だが、説明文の表現を変え
たらどうなるだろう？

　例えば、選択肢Bをこう変えてみよう。「B）勤務時間は週40時間。仕事
への満足度は10段階評価で10。凄腕の料理研究家で、毎晩おいしい料理
を楽しみながら作っている。自転車を使って通勤し、毎日運動している。
週末には家を掃除して、釣りかハイキングに出かける。休暇には、森の中
の美しい湖畔でキャンプし、たき火を囲みながら子どもたちに星座と、そ
れにまつわる神話を教える」。質問をこんなふうに変えると、たいていはB
を選ぶ人が約70パーセントに増え、30パーセントはAを選んだままとな
る。これは、こっちの方があっちよりいいという話ではない。その人がど
の選択肢を選ぶかは、何があればもっと幸せになれるかと考えているかに
よって変わってくるからだ。けれど、表現をちょっと変えただけで選択肢
Bに移る人がいるというのは、興味深いことだと思う。

　だから、すばらしい選択肢を提示されたときは見る角度を変えるとい
いかもしれないし、もしかすると私たち全員、そういうときは意識的に
ちょっと冷静になって、やるべきだと思っていることや、やるように言わ
れていることではなく、自分がほんとうにしたいことは何なのかを考える
必要があるだろう。かなり多くの人が、仕事では幸せになれないと思い込
み、他人より大きな家やカッコいい車のローンを支払うために、やりがい
のない仕事に就いている。しかし、そんな高価な車を手放して、それほど
高くない車に乗り、代わりに休暇をもっと増やした方がいいのではないだ
ろうか。私は幸福研究者として、豪華な車よりも休暇を増やした方が幸せ
になれると断言したい。なので、172ページで紹介する「ポールの法則」に
従うことをお勧めしようと思う。

幸福へのアドバイス
ポールの法則

　私が20代から30代のときに働いていた勤務先の1つに、「月曜の朝」（Mandag Morgen）というシンクタンクがあった。このシンクタンクには、何とか現状を打破しようとする優秀な人材が引き寄せられていた。その1人がポールだった。同僚たちの大半が毎年の昇給を求める中で、ポールは違うものを求めた。昇給ではなく、休暇を増やしてほしいと願い出たのだ。彼は、欲しいものを買えるだけのお金は稼いでいるし、収入が増えてもうれしいとは思えなそうだと感じていた。でも、自由時間が増えればうれしいと思っていた。私がいっしょに働いていたころ、ポールの休暇は年に12週にまで増えていた。

　問題は、私たちもポールのようにするべきかどうかだ。そこでまず、こんな質問への答えを考えてみてはどうだろう。「2〜5パーセントの昇給よりも私にとって価値があるものは何だろうか？　1年あたりの休日が1日または1週間増えることか？　夜勤をする必要がないことか、それとも夜勤の25パーセントを日勤に変えてもらうことか？　身につけたいスキルはあるだろうか？　あまりやりたくない、あるいはまったくやりたくない具体的タスクは？　楽しくてもっとやりたいと思うようなことはあるか？」

　私は常々、「リッチになる」とは「たくさんのお金を持つこと」という意味だが、「豊かになる」とは「日々の暮らしをしむための時間がたくさんあること」だと考えている。そして、われらがハピネス・ミュージアムに来てくれた来館者の大多数は、この意見に賛同している。私たちは来館者に、給料が倍になる方がいいか、休暇期間が倍になる方がいいかという質問をしている。たいてい約3分の2がポールに賛成して、休暇が多くなる方を選ぶ。

さらに100万症候群

2年ほど前、私はコペンハーゲンのホテル・ダングルテールで開催されていた会議で講演をしていた。この会議は、ある資産管理銀行が億万長者の息子・娘向けに開いたものだった。会議には、投資ポートフォリオの作り方についてのセッション、将来の成長予測についてのセッション、そして金銭と幸福の関係についてのセッションがあった。それで私が呼ばれたわけだ。

講演で私は、多くの人が「さらに100万症候群」（この会議の出席者の場合だと「さらに10億症候群」か）に悩まされているという話をした。純資産がある水準に達すれば幸せになれると信じていたが、実際にその水準に達しても幸せになっていないことに気づくと、資産をさらに増やせば必ず幸せになれるはずだと考える。それが「さらに100万症候群」だ。

勘違いしないでほしいが、幸福にとってお金が大切なのは間違いない。しかしそれは主として、お金がないことが、ストレスと心配と不幸の原因になるからだ。食べ物を食卓に用意できないのは、明らかに幸せな状況ではない。それに、給料の高い仕事に就いている人の方が、それほど稼いでいない人より幸福で、人生と仕事に対する満足度が高い。

世の中のものはたいていそうだが、お金も増えれば増えるほど、幸せだと感じるありがたみが減っていく。例えば、1切れ目のケーキはすごくおいしいが、8切れ目ともなると、それほどおいしいとは感じなくなる。同じことはお金にも言える。最初に稼いだお金はとても重要で、それがあれば食卓に食べ物を用意し、雨風の当たらない場所で過ごすことができる。しかし、すでにたくさんお金を稼いでいるところに稼ぎが増えたところで、増えた分を飼い犬用のコートなど下らないものに使うのが落ちだ。さらに人

は、自分の絶対所得よりも相対所得の方を気にすることが多い。経理部の
カレンや隣に住むジョーンズ一家と比べて自分はどれだけ稼いでいるのか
を気にするのだ。アメリカの名言に「幸福な人とは、自分の妻の妹の夫よ
り 100 ドル多く稼いでいる人のことだ」というものがあるそうだが、まさ
にそういうことなのである。

「あなたの講演を聞いて、親友のことを思い出しました」と私に話しかけ
てきたのは、聴衆のひとりのリアムだった。リアムの親友は、アメリカで
最高の大学へ進学した。その後ニューヨークで弁護士になり、彼の両親が
想像もしなかったほどの大金を稼ぐようになった。ある日、リアムは親友
に聞いてみた。「両親から教わったことで、いちばん大切なのは何？」

「何もなくても幸せに思えること」が親友の答えだった。

　これは、ハピネス・リサーチ研究所での私の研究や、私が執筆する本、
さらには、友人や家族といっしょにすることを計画するときに関係してく
る現在進行形のテーマだと思う。具体的には「幸せと財産をどうやって分
離させるか？」「どうやって低予算で充実した生活を作り出すか？」「幸福
からどうやって値札を取り外すか？」が問題だ。

　幸福研究では、いわゆる「ヘドニック・トレッドミル」に出くわすこと
が多い。これは「私たち人間は、幸福となるために必要だと思うものの基
準を絶えず上げ続けるらしい」という意味の心理学的概念だ。「幸福となる
ために必要なもの」とは、例えば所得レベルや、オフィスまたは自宅の大
きさ、名刺に書かれる役職などが当てはまる。

　ここで 1 つ質問をさせてほしい。「どれくらいのお金があれば、あなたは
自分が金持ちだと感じますか？」まあ、その答えは現在持っている財産の
額によって決まるだろう。少なくとも、私たちはデータからそういう結論
に達している。アメリカ人にこの質問をしたところ、177 ページに掲載した
表から分かるように、すでに稼いでいる額が多ければ多いほど、金持ちだ
と感じるのに必要だと思う額は増えていく。

例えば、あなたは年収が15万ドルあれば自分は金持ちだと感じるだろうか？　現在の年収が5万ドル未満の人では50パーセントが「はい」と答え、5万ドルから9万9999ドルの人では25パーセントが「はい」と答えるが、10万ドル以上稼いでいる人で「はい」と回答するのは7パーセントしかいない。私たちは、必要だと思うものの水準を上げているのだ。

　問題は、数字が絶えず増えていくことだ。そして、そのために人は絶えずもっと多くのお金を求め続ける。つまり、夢にまで見た天文学的金額の財産を——たぶん人生で優先すべきさまざまな事柄を犠牲にしながら——手に入れ、ついに自家用ジェット機「ガルフストリーム G700」にのんびり座っていられる身分になったとしても、あなたはこう思ってしまう。「これなのか？　あんなに大騒ぎしてきた結果がこれなのか？　心が満たされない。アーッ、おれはまだ幸せじゃない」。きっと、心に空いた穴の形は G700 とは違っていたのだろう。

　そして、偉大な哲学者——ではなく、俳優ジム・キャリーの言った言葉が結局は正しかったのだと気づく。彼は、こう言ったのだ。「誰もが金持ちになって有名になって、やりたいと夢見ていたことをすべてやればいいと思う。そうすれば、これが答えではないと分かるから」。

　やっかいなのは、私たちが初めて給料をもらったときの経験から、もっとお金が増えればもっと幸せになれると考え、思考回路がそういうふうに固まってしまうことだ。確かに、お金と幸福は相関関係にある。お金がないと幸せでなくなるし、最初に稼いだお金は食費と住宅費に使っている。しかし、一定の水準を突破すると、所得が増えても幸福度は変化しない。飼い犬だって、新しいコートを買ってもらったからといって幸福度が上がるわけではない。

　だから、お金は幸福に影響を与えはするけれど、お金を成功の指標として使ったり、仕事を選ぶときの唯一の指針としたりしてはならない。

これだけあれば自分は金持ちだと感じますか？

	年収が$50,000未満の人で「はい」と答えた割合	年収が$50,000〜$99,999の人で「はい」と答えた割合	年収が$100,000以上の人で「はい」と答えた割合
$15,000未満	5	0	0
$15,000−$29,999	3	0	0
$30,000−$49,999	5	1	0
$50,000−$74,999	9	3	1
$75,000−$99,999	9	6	1
$100,000−$149,999	19	15	5
$150,000−$199,999	10	16	8
$200,000−$499,999	11	23	25
$500,000−$999,999	10	15	27
$1,000,000以上	18	19	30

解釈を変えよう

　そのための長期的な取り組みとして、私たちは「成功とはどのようなものか」の解釈を変えなくてはならない。現在、多くの若者が直面している問題の１つに、彼らは自分が将来医師になるか弁護士になるか、そうでなければ期待外れになるしかないと思っているというものがある。若者たちは、成功（という幻想）をもたらす職業を選べという大きなプレッシャーを、親や社会、またはその両方から受けている。あなたは自分の娘に、不幸せな医師になってほしいと思うだろうか？　私としては、その答えが「いや、幸せならどんな職業でもいい」であることを望むばかりだ。デンマークにも、息子や娘に医師か弁護士になってほしいと願う（そして、ある程度はそう仕向けようとする）親は間違いなく多いと思うが、この国では、子どもたちには自分の興味のある分野や才能がある分野を学べる進路を進むようにと促すのが一般的だ。

　私が弁護士になっていたら仕事がぜんぜんできなかっただろう——法律文書を見ると眠くなる——し、医師になっていたら倒れてばかりいただろう——血を見ると気が遠くなるのだ。幸い、私は人間について研究するのが楽しかった。人はなぜそのような行動を取り、その行動で人はどんな気分になるのかといったことを考えるのがおもしろかった。つまり、幸福の研究者になれる素質があったのだ。

　2012年、私は父に、7年ほど勤務していた今の職場を辞めるつもりだと告げた。当時の私はデンマークのシンクタンクで国際ディレクターを務めていて、それは給料のいい安定した仕事だった。

　「で、辞めて何をするつもりなんだ？」と父。

「実は、幸福を研究しようと思っている。ハピネス・リサーチ研究所というシンクタンクを始めたいんだ」

一瞬、沈黙が下りる。それから父はこう言った。「いいアイデアだと思うぞ」。

父以外の人だったら、「幸福に関するシンクタンクを始めるなんてバカも休み休み言え」と思ったかもしれない。特に当時は、2008年の世界金融危機の影響が残っていて、世界中がその対応にまだ右往左往していた時期だったから、なおさらだ。けれど私は幼いころから、ずっと父に、仕事で得られる給料ではなく満足感を大事にするようにと言われ続けていた。「この先、人生の大半を働きながら過ごすんだ。それなら仕事は自分が楽しめるものの方がいい」と、父はよく言っていた。

「成功していること」の意味は、「自分のしていることに好感を持っていること」であるべきだ。実際、いい仕事をすると最高の気分になる。幸福とは、成功の究極の形なのだ。

だから仕事を探すときは、自分が誇りに思うことができ、満足感を得られる、自分の得意な分野の仕事を求めるべきだ。そのためにも、インポスター症候群とは別れを告げるべきだと思う。

真の詐欺師

1978 年、ジョージア州立大学のポーリーン・クランスとスザンヌ・アイムスという 2 名の研究者が、雑誌「心理療法：理論、研究、実践」に論文を発表した。この論文は、社会的に成功した女性を中心に多くの人が経験していた、とある現象について説明していたことから、一気に広まった。その現象が、「インポスター現象」である。

クランスとアイムスは、自身もこの現象を経験していたことから、タッグを組んで、成功した女性 150 人以上から 5 年をかけて話を聞き、インポスター現象という概念を生み出した。インポスター現象とは、「どこかの重要人物に、私が実は知的詐欺師だといつか気づかれるのではないか」という不安に永遠にさいなまれながら過ごす「知的まやかしの内的体験」を指す。

この概念は支持され、ほかの研究者たちが調査に使えるよう「インポスター現象尺度」が開発された。ところが、ソーシャルメディアが登場すると、この概念は「インポスター症候群（imposter syndrome）」と名前を変えて爆発的に広まった。本書執筆時点で「imposter syndrome」をグーグルで検索すると 570 万件ヒットし、アメリカの元ファーストレディーで現在は世界的ベストセラーの著者であるミシェル・オバマや、アメリカ最高裁判事ソニア・ソトマイヨール、映画スターのシャーリーズ・セロン、企業経営者シェリル・サンドバーグ、元 IMF 専務理事クリスティーヌ・ラガルドといった人々が、自分もインポスター症候群を経験したと言っている。

クランスとアイムスが最初の論文で主張していたように、成功が解決策でないのは明らかだ。後にクランスが来談者とのやり取りの中で気づいたのは、集団療法に効果があるということだった。ほかの女性——成功した女性——が「自分も同じ気持ちで、詐欺師になった気分がする」と語る話

を聞くことに効果があった。成功したほかの女性たちが詐欺師でないと信じるのは比較的容易だったので、「それなら自分も詐欺師ではないかも」と思えたのである。

ところが、最初の論文が発表されてから約40年後、別の研究者2名が、インポスター現象はこれまでずっと誤解されてきたと主張した。あなたが治すべき病を抱えているのではなく、組織の方が腐っているというのだ。

2021年、ルチカ・トゥルシャンとジョディ＝アン・ビュリーは、雑誌「ハーバード・ビジネス・レビュー」に論文を発表し、その論文は同誌の歴史で最も広く読まれた論文の1つとなった。そのタイトルは、「女性の自己不信はインポスター症候群のせいではない」だ。

トゥルシャンとビュリーによると、「インポスター症候群」という用語は、この問題を個人の病理とすることで暗に「悪いのは当の本人だ」と主張しており、女性、特に有色人種の女性が直面している組織的不平等に焦点が当たらないようにしているという。雇用・昇進・リーダーシップ・報酬における偏見など、戦うべき真の障害はほかにある。トゥルシャンとビュリーの言葉を借りれば、「インポスター症候群は、私たちの視線を『女性が働く職場環境をどう変えるべきか』ではなく、『職場の女性をどう治すべきか』に向かわせる」のである [https://dhbr.diamond.jp/articles/-/7574 より訳文引用]。

だからおそらく皮肉なことに、インポスター症候群そのものが、非常に高度な自尊感情を持った詐欺師なのだろう。現に組織の改革に目を向けると、私たちが自分を詐欺師であるかのように思うことで利益を得ているのが誰かが、はっきりとしてくる。雑誌「ザ・ニューヨーカー」の記事いわく、「資本主義は、私たち全員が自分を詐欺師であるかのように思う状態を必要とする。なぜなら、自分を詐欺師であるかのように思うことで、私たちは永遠に進み続ける努力を必ずするようになるからだ。もっとがんばって働き、もっとお金を稼ぎ、昔の自分や周りの人よりよくなろうとするのだ」。資本主義にとって最大の脅威は、私たちが自分は幸せだと思うことだ。考えてみてほしい。もし全員が自分の持っている物に不満がなくて幸

せなら、会社は何も売ることができないし、私たちも、次回の昇給や、もっと大きな車や、豪華な休暇のために無理して働く必要がない。1960年代の広告業界を描いたテレビドラマを思い出してほしい。そのドラマで主人公は、このことを実にうまくまとめて次のように言っている。「広告が基盤とするのはただひとつ、幸福です。ところで、幸福とは何か知っていますか？　幸福とは、新車の匂いです。不安からの自由です。あなたがしていることは何であれ、それは大丈夫だと大きな文字で安心させてくれる、道路脇の看板です。あなたは大丈夫なんです」。

　しかし、すでにあなたは大丈夫よりもいい状態だ。自分を詐欺師であるかのように思うべきではないし、自分がしている仕事には好感を持つべきだ。なぜなら、仕事で幸福を感じるには自尊感情が大切だからだ。

自尊感情の大切さ

　ハピネス・リサーチ研究所では、従業員たちの幸福度を計測・追跡・分析する数多くの研究を実施してきた。そして現在、私たちが幸福度の指標として注目している分野の１つに、自尊感情がある。私たちは、しばしばローゼンバーグ自尊感情尺度を使い、例えば次の文章にどの程度同意するかを 10 段階評価で答えてもらっている。

「私には優れた資質がたくさんあると思う」

「私には自慢できるものがあまりないと思う」

「私はときどき自分は役立たずだとはっきり感じることがある」

　データからは、自尊感情が理由で仕事での幸福度や仕事を含む全般的な幸福度に違いが生じていることが分かる。また、一般に男性の方が自尊感情が高いことも分かり、このことは「私たちがみな平凡な白人男性並みの自信を持てるように」という主張が正しいことを裏づけているように思う。

　私たちが従業員 200 名の会社で実施した調査の結果、自尊感情の高い人は、次の文章に同意する傾向が強いことが分かった。

「私は今の仕事が得意だと思う」

「私は上司のサポートを受けていると思う」

「私は自分が仕事で何を求められているか分かっている」

私は大学在学中、コペンハーゲン植物園にあるカフェでアルバイトをしていた。晴れた日には、大勢の人がアイスクリームやビールやコーヒーを求めて私たちのカフェに殺到し、私と同僚のチーラは注文を次から次へとさばいていった。私たちは長年いっしょに働いていたので、どの作業も細かなところまで分かっていたし、カフェでの仕事すべてを効率的にこなす方法も見つけることができた。チーラは、ビールのグラスを片手で持ってタップの下に差し出しながら、空いている手で私にホットチョコレート用のホイップクリームを渡し、足で冷蔵庫を開けながら、お客に向かってジョークを飛ばし……ここでの仕事は、まるで体操とバレエと即興演劇を混ぜ合わせたゲームのようだった。

　私たちは、カフェの経営には直接タッチしていなかったけれど、お客に超効率的でフレンドリーな対応をすることで売り上げの新記録を打ち立てたと思ったときには、とても喜んだ。カフェのオーナーであるキムとリカルドは、ある日カフェの前で客と同じように列に並んで、私たちがここで働いていることを喜んでいるし誇りに思っていると伝えてくれた。私たちは大活躍で、この仕事は私の自尊感情にとって重要だった。私は自分がとても有能だと感じられたのだ。「カプチーノを1つ」と言われれば、完璧なフォームミルクを浮かべた1杯を超高速で提供する。自分がいい仕事をしたことや、自分のスキルがだんだんと向上していることに、簡単に気づくことができた。

　だから、もしあなたが職場での自尊感情が低く、自分でもなぜそうなのか分からず、どうすればよいかも分からないのなら、左のページに掲げた6つの文章にあなたがどの程度同意し、その10段階評価をどうすれば改善できるかを、考えてみるといい。中でも、自分がしている仕事が得意だと思うことは特に重要だ。仕事での幸福度がほかの人より高いデンマーク人について、その理由を調べると、トップ要因の1つとして「統御感」が出てくる。

　統御感とは、要は人生で出会うさまざまなタスクや状況を自分で処理できるという感覚のことだ。仕事について言えば、統御感は「報酬をもらってやっていることを得意だと思う気持ち」や、「達成するよう依頼されたタ

スクを処理する能力が自分にあると思う気持ち」を意味していて、仕事で幸福を感じるのに欠かせないものだ。さまざまなタスクを処理し、ときには難易度が上がっていくタスクも手がけ、そうした課題に取り組むのに必要なスキルセットを養成することは、必ずやあなたの仕事での幸せを推し進めることになるし、成功とはそのようなものだと思うべきだ。豪華な車に乗ることではなく、困難なことをやるのが成功なのだ。

　スティーヴ・ジョブズが言ったとされている言葉を借りれば、こういうことだ。「あなたの仕事は、あなたの人生の大部分を占めることになるのだから、心から満足感を得られる唯一の方法は、あなたが立派な仕事だと信じていることをやることだ。そして、立派な仕事をやる唯一の方法は、自分のやることを愛することだ。そうしたものをまだ見つけていないのなら、探し続けなさい。妥協してはならない。心の底から求めているものなら何でもそうだが、見つけたときには、それだと分かるはずだ」。

幸福へのアドバイス
仕事をゲーム化しよう

　タスクの難しさのレベルと、そのタスクを解決するのに必要な能力のレベルがピッタリ一致しているとき、私たちは「フロー」を体験することがある。「フロー」とは、ポジティブ心理学の技法との関連で議論されることの多い用語で、シカゴ大学の心理学教授ミハイ・チクセントミハイが最初に提唱した概念だ。フローとは、目の前のタスクに完全に没頭している状態のことで、フローになると時間の経過は分からなくなるし、いつも頭の中で響いている小さな声も一時的に聞こえなくなる。フローに入ると楽しい気分になり、チクセントミハイによると、芸術家やアスリートはフローを体験することが特に多いという。

　「このボールが見えますね？」

　「はい」

　「では、このボールを小さな穴に入れてください」

　「小さな穴ならどれでもいいんですか？」

　「いいえ、入れる穴は決まっています。あの方向の 400 メートル先にあります。穴の隣に旗を立てておいたので、見えると思います」

　「ああ、見えますね。分かりました、ボールをください。入れてきます」

　「いいえ、ボールに触ってはいけません。あそこまでクラブで打って運んでください」

　「え？」

　「クラブです。ほら、こんなふうに振るんですよ」

「でも、それだと失敗して、ボールがあそこにある池や砂場に落ちるじゃないですか」

「ええ、たぶんそうなるでしょう。でも、肝心なのはここからです。クラブで打つ回数をできるだけ少なくしてボールを穴に入れなくてはならないのです」

「ああ、そういうことか。じゃあ、クラブを貸して」

「ダメです」

「ダメ？　でも、あの穴にこのボールを入れろって言ったばかりじゃないですか」

「実は100ポンド支払っていただけたら、この小さなボールをあの穴に入れることにチャレンジできるんですよ」

「分かりました、お金を払います」

　仕事での幸福については、仕事はゲームだと自分に言い聞かせれば、いろいろともっと楽しくなるかもしれない。つまり、自分相手に『トム・ソーヤーの冒険』をやればいい。自分で自分をだまして塀のペンキ塗りは楽しいと思わせるのだ（だましてゴメン。もらったリンゴをおわびに返そう）。

　小さなボールをできるだけ少ない打数で小さな穴に入れる代わりに、「やることリスト」にある項目を2時間でいくつ消せるか、やってみよう。終わったら、いったん休憩して、また繰り返す。スポーツ選手になったつもりで考えるといい。「その2時間で何点スコアできるだろう？」とか「30分だと何点だろう？」とか。あるいは「完璧なカプチーノをどれくらいのスピードで作れるか？」と考えてもいい。

幸福へのアドバイス
分解しよう

___

　大きくて複雑な仕事のタスクがあって、これをやり遂げなくてはならない場合、私は必ず、そのタスクをいくつもの小さなタスクに分解することにしている。そうすれば、小さなタスクをひとつずつ、ゆっくりと完了させていくことができるので、大きなタスクがもっと楽しいものになる。これはビデオゲームの構成と同じだ。実を言うと、私はビデオゲームの影響を受けて育ってきた。人生の大部分を、「リック・デンジャラス」「バブルボブル」「スーパーマリオブラザーズ」といったゲームに費やしてきたし（そう、私は80年代に子ども時代を過ごした）、「ヘイ・デイ」は、1度始めると基本的にやめられなくなるので、近くに置いておくことができない。レベルを1つクリアするたび、次のレベルに進んでしまうのだ。

　もしも長期のプロジェクトや、完了までに数週または数か月かかりそうな期限未定の仕事を抱えているなら、以下に示す「ポモドーロ・テクニック」が特に役立つかもしれない。このテクニックは、例えば調査企画書の作成や、試験勉強には有効だと思う。

1. 「やることリスト」を作り、タイマーを用意する。

2. タイマーを25分にセットし、そのあいだは1つのタスクに集中して取り組む。

3. タイマーが鳴ったら、このセッションでどこまで進んだかを記録し、タスクが完了していたら「やることリスト」から削除する。

4. 5分間、休憩する。

5. セッションが4回終わったら、15〜30分の休憩を取る。

本を書きたいなら、執筆作業の第1歩を「2分間、椅子に座って文章を書く」といった、負担にならないものにするといい。これでも難しすぎるというなら、「座って、ある章の第1文を書く」としてもいい。本の書き出しで私が気に入っているもののひとつは、「バラバースは海を渡って私たちのもとにやってきた、少女クラーラは繊細な文字でそう書きつけた」である。たったの45文字だ。これならあなたもできるはず！　[上記引用の出典は、イサベル・アジェンデ『精霊たちの家』、木村榮一訳]

　ときには大きな偉業が小さなことから始まる場合があるし、小さなことをすることで大きなことに挑戦するのがずっと楽になるかもしれない。

　また、私たちは1日でできることを実際よりも多く見積もり、1年でできること——あるいは、過去1年間にしたこと——を実際より少なく見積もる傾向がある。私は、過去12か月を振り返っては達成したことをすべてリストアップするのをいつも楽しみにしている。私たちは、つい目の前の山に気を取られて、ここまで実際どれくらいの距離を移動してきたのかを忘れてしまいがちなのである。

「私」ではなく「私たち」

　数年前、ラトヴィアの首都リガを訪れたとき、大きな高級車が通りに駐まっているのを見かけた。車のナンバープレートには、持ち主が指定したのだろう、「SUCCESS」(成功)の文字が並んでいた。だが、ラトヴィアなど多くの国では成功は熱心にひけらかすものかもしれないが、デンマークでは謙遜の方が高い美徳とされている。

　コペンハーゲンだったら、あの高級車は24時間以内にカギか何かで傷をつけられていただろう。ここでは、成功はひけらかすものではない。話題にすらしないものであり、ナンバープレートに掲げるなどもってのほかだ。これは「ヤンテの掟」のためである。「ヤンテの掟」とは、デンマーク語とノルウェー語で「Janteloven」(ヤンデローウン／ヤンテローヴェン)、スウェーデン語で「Jantelagen」(ヤンテラーゲン)、フィンランド語では「Jante laki」(ヤンテ・ラキ)、アイスランド語で「Jantelögin」(ヤンテレーイン)といって、北欧地域に特有の社会規範を説明する言葉だ。この掟では、集団での成果が強調され、個人の業績を重視する態度は軽蔑される。

「ヤンテの掟」の由来は、デンマーク系ノルウェー人作家アクセル・サンデモーセが1933年に出した小説『逃亡者はおのが轍を横切る』にある。掟の内容を端的に表せば、「あなたが私たちより優秀だということはない」となるだろう。

ヤンテの掟

1. あなたは、自分が特別な存在であると思ってはならない。

2. あなたは、自分が私たちと同等であると思ってはならない。

3. あなたは、自分が私たちより賢いと思ってはならない。

4. あなたは、自分が私たちより優れていると思い込んではならない。

5. あなたは、自分が私たちより物知りだと思ってはならない。

6. あなたは、自分が私たちより重要だと思ってはならない。

7. あなたは、自分が何かに優れていると思ってはならない。

8. あなたは、私たちを笑いものにしてはならない。

9. あなたは、自分を気にかけてくれる人がいると思ってはならない。

10. あなたは、自分が私たちに教えられることがあると思ってはならない。

　掟のいくつかはちょっと厳しくて、本書で示すほかの教訓と相いれない感じがするが、個人の成功や優秀さを吹聴することへの一般的な嫌悪感は、北欧諸国の文化に今も変わらず広く認められる。デンマークのビールであるカールスバーグが「おそらく世界最高のビール」とうたい、ズバリ「世界最高のビール」と言わない理由は、ここにある。ヤンテの掟は、成功した人が「自分は周りの人間より優れている」という素振りを見せたら非難されるような文化を後押しする。英語圏ではこうした傾向を「トールポピー症候群（tall poppy syndrome）」というので、その名で知っている人もいるだろう。

確かにヤンテの掟には、自分の業績を世の中に広めたいという気持ちに歯止めをかけるなど、北欧社会そのものや北欧諸国の幸せ全般に対するマイナス面があるけれど、長所として「成功はみんなで成し遂げたものだと明言することが多い」という点があると私は考えている。

　また、これが理由でデンマーク人は、職場で成功談を話すとき「私たち」という視点で語ることが多い。「私たちがこれをやった」「チームであれを達成した」という言い方をするのだ。一方、「私」と単数形を使うのは失敗や目標未達成の話をするときだ。

　そして、それがデンマークから学べることなのかもしれない。あなたのチームや同僚に、彼らの成功をたたえる言葉をかけよう。私の経験からすると、幸福、自尊感情、成功、香水の4つには共通の特徴がある。どれも誰かにかければ必ず自分も多少は浴びることになる。

幸福へのアドバイス
「今月の最優秀従業員」にひねりを加えよう

　２年ほど前にハピネス・リサーチ研究所で開いたワークショップで講演をしてもらった１人に、コペンハーゲン大学病院の看護師長がいた。以前、彼の病棟では、一部の看護師のあいだでコミュニケーションがうまく機能していないという問題を抱えていた。看護師長は、こう説明した。「やっかいなのは、私たちの仕事では同僚が仕事をきちんとしたか確認しなくてはならないことがある点です。患者さんの受け取った薬の量が正しかったか確認するとか、そういうことですね。そのため、多くの看護師が自分は同僚に批判されていると感じていたのです」。

　病棟の雰囲気は少々ギスギスし、そのせいで看護師たちが取る病欠日が多くなっていた。そこで病院側は、昔からある「今月の最優秀従業員」にひねりを加える斬新なアイデアを思いついた。例えば、あなたと私がこの病棟の看護師で、前回同じシフトで勤務したとき、私が患者の命を救ったとしよう。翌朝のチームミーティングでは、あなたが（上司も含め）全員に、私が前日に大活躍したことを報告する。やったね、私！

　するとどうなるか。私の活躍を全員に報告したあなたが今月の最優秀ナースに選ばれる。その狙いは、お互いに相手の代弁者となり、同僚の成功談を広めるように促す企業文化を育てることにある。このちょっとした改革で病棟の雰囲気は変わり、病欠日は大幅に減った。

卵が先か、ニワトリが先か

人は、成功した人物と思しき人間を見て、「ああ、幸せそうだな」と思うかもしれない。でも、もし因果関係を誤解していたとしたら、どうなるだろう？　幸福が原因で成功するのだとしたら、どうだろう？

第1章で、「従業員の幸福度が上がれば生産性も上がる」というブリティッシュ・テレコムの研究に触れた。覚えているだろうか、あなたが上司と交わした、あのすばらしい会話のことだ。

実は、これと同様の研究はほかにもある。今から10年以上前、ウォーリック大学経済学部のアンドルー・オズワルド、エウジェニオ・プロト、ダニエル・スグロイの3名は、700人の参加者を対象とした4つの統制実験を実施し、仕事に幸福を感じると生産性が12パーセント向上する可能性があるとの結果を得た。また、別の研究論文「仕事への満足度と生産性の関係：照合済みの調査データとレジスターデータを使った研究」では、フィンランドにある複数の製造会社を5年にわたって調査し、従業員の満足度が上がると生産性が6.6パーセント上昇するという結果が得られた。

だが、幸せと生産性の関係に関する最も包括的な研究といえば、UCLA のソニア・リュボミアスキー、ミズーリ大学のローラ・キング、イリノイ大学のエド・ディーナーという3名の心理学教授が実施した研究だろう。この3人は、仕事での幸福と成功の関係に関する学術調査225件を対象にメタ研究を実施した。その結果、幸福が原因で企業が成功を収めるという因果関係を示す強力な証拠が存在することが分かった。つまり、ハーバード大学の研究者で『幸福優位7つの法則』の著者ショーン・エイカーの言葉を借りれば、「もしかすると幸福は、成功をもたらす最も見過ごされてきた理由なのかもしれない」。

しかも、「成功やお金から幸福を探すのではなく、幸福が先と考えるべきだ」という証拠は続々と積み上がっている。少なくとも、アンドルー・オズワルド教授と、オックスフォード大学ウェルビーイング・リサーチ・センターのヤン＝エマニュエル・デ・ネーヴ博士はそう考えている。

　2人は、「青少年から成人までの健康に関する全国縦断調査」（通称 Add Health。アメリカにおける代表的個人の大規模なサンプルで、調査参加者には、長期にわたる幸せや収入についての質問も含め、多くの質問がされる）のデータから、10代から20代前半時の幸福度を見ると、20代後半から30代前半での所得レベルを予測できることを発見した。

　より幸福な人の方が、大学を卒業したり、仕事を見つけたり、昇進したりする可能性が高いようだ。だから例えば、22歳の時点で幸福度が5段階評価で1ポイント高ければ、29歳の時点で年収が2000ドル多くなっているだろう。研究結果はおおむね正確で、学歴、IQ、身体の健康、身長、自尊感情、その後の幸福度といったさまざまな変数は調整済みである。データには数千組のきょうだいも含まれているので、研究では親の影響を排除することもできる。きょうだいのうち、より幸福な方が、後になって稼ぐ所得が多くなると予想される。

　だから、幸福を成功の新たな尺度として使うべきなのかもしれない。結局、2000年以上前にアリストテレスが語ったように、幸福とは人間が目指すべき究極の目標なのである。

幸福へのアドバイス
自分の仕事に名前を記そう

　ヴィクトリーサインであれ何であれ、私たちは誰もがこの世に自分の足跡をつけたがる。痕跡を残したがる。自分が作り出したものに自分の名前を記したがるのだ。

　あれは数年前のことだが、私はフランス・ボルドーの北東約20キロに位置するサン＝ヴァンサン＝ド＝ポール村に行った。約300人が働くエルメスの革職人工房「マロキヌリー・ド・ギュイエンヌ」の落成式に出席するためだ。当時の私はエルメスのため仕事での幸福に関する討論会で司会を務めていて、同社はその成果をじっくり見てもらおうと考えて私を招待したのだった。エルメスは、仕事での幸福の大切さをよく知っている会社だ。同社は、フランスの雑誌「カピタル」が選ぶフランスの優良雇用主500の第1位にランクされているけれど、それ以上に同社のよさを雄弁に語るのは、エルメスでの平均勤続年数が9年だという事実だろう。全従業員の3分の1以上が10年以上勤務していて、12パーセントが20年以上ここで働いている。

　以前カール・マルクスは、労働とは本来、人間が自己を実現させるためのものだと考えていた。労働によって私たちは生活し、創造力を発揮し、成長する。だから彼は、資本主義によって労働者たちが互いに疎外され、自分たちの労働の成果から疎外されている現状を嫌っていた。しかし、彼が死んで140年後の現在、一部の企業はそれとは真逆の方向へ進み、労働者が労働の成果に最初から最後まで携われるようにして、生産物に労働者の名前を記すことさえ認めている。マルクスも、まさか自分の思想がエルメスのような企業で実現されるとは思ってもいなかっただろう。

　生真面目そうな、エルメスのある職人はこう語る。「私は、鎖の中の1つの輪ではありません。私は、この仕事を一から十まで習得しています。私たちが教わるのは技術であって、一連のタスクではないのです。それに、

最後に私はバッグにサインを入れます。私たちは、自分のする仕事に個人として責任を感じているのです。これは、最近ではあまり見ない、すばらしい機会ですよ」。400年前と同じ縫い方で縫い、1つのカバンをすべて自分たちの手で完成させる彼ら職人たちは、いくつもの道具やスキルをマスターしなくてはならない（もちろんバッグがほんとうに高額なのは分かっているが、同じことはオーダーメイドのカスタムTシャツを生産している会社サン・オヴ・ア・テイラー（Son of a Tailor）も実践していて、同社でも同じ縫製担当者がTシャツの生産を最初から最後まで行ない、完成後はTシャツに名前を入れている）。

「ん？」と疑問に思ったら、バッグなりTシャツなりをすべて自分の手で作り、完成品に自分の名前を記すことと、最終的にピン工場でピンに加工される針金を洗浄することでは、仕事への満足度にどれくらいの違いがあるか、想像してみよう。もちろん経済学者のアダム・スミスだったら、生産性とピンのコストについて議論するだろう。だがね、スミスくん、今ここで話しているのは幸福への影響なのだよ。

　具体的に自分の仕事に自分の印をつけるのは、間違いなく大切なことだ。もちろん、私たち全員が自分の作った製品に名前を記すことができるわけではないけれど、ここで学んだことには労働者の満足度という点で価値があると私は思う。もし、従業員と彼らの労働の成果とを結びつける方法が見つかったら、ぜひ実践してほしい。それに、製品に名前を記すことができなくても、何とかして自分の痕跡を残す方法はあるはずだ。ソフトウェア・コードのどこかに隠しメッセージを潜ませてもいいし、自分が書いた本では必ず「くまのプーさん」に触れるというのでもいい。あるいは、この「アドバイス」の各段落の1文字目を並べると「ヴァイキング」になる、というのでも……

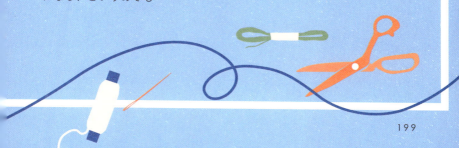

199

ハッピーワーク

☐ 申し訳ないが、あなた自身の死亡記事を自分で書いてみてはどうだろう。いささか縁起の悪い話なのは百も承知だが、自分の死亡記事を書くことは、自分の人生全般を考えるのに有効な方法だ。自分の現状を知り、自分がどこへ向かっているのかを理解し、その進路をちょっと変更すべきかどうか考えるきっかけになる。それに、あなたにとっての成功した人生に向けて、新しいゴールや、よりよいゴールを決めるのに役立つかもしれない。まずは、次の質問への答えを考えることから始めよう。「私は、自分の時間に何をして過ごしていただろう?」「私が築いてきた関係には、どのようなものがあっただろう?」「私は世界をよりよい場所にするため何をしただろう?」「私は人生で何に賛同しただろう?」「ほかの人たちは私をどんなふうに記憶してくれるだろう?」

☐ 「さらに100万症候群」を和らげよう。もしすでに十分な収入を得ているのなら、「自分がどれだけ幸福と感じるかは、銀行口座の残高が違えば、まったく違ってくる」という考えを疑おう。

☐ どんな仕事やタスク・趣味・活動でフローを体験して満足感や達成感を抱くかを考え、そうした活動を、仕事かプライベートかに関係なく、どうすれば日々の生活にもっと組み込めるかを検討しよう。

☐ 職場でも自宅でもいいので、目の前にある大きくて複雑なタスクに、ポモドーロ・テクニックを使ってみよう。大きなタスクを、手に負える小さなタスクに分解したら、「25分間は小さなタスクの1つだけに集中し、25分経過したら5分間休憩する」というセッションを繰り返そう。

☐ 成功ではなく価値を目指そう。私は、北欧で生まれ育ったからだと思うが、アルベルト・アインシュタインの言葉「成功者になろうとしてはいけない。むしろ価値ある人間となれ」を心に深く刻んでいて、実際、価値の方が進路にとってはるかによいコンパスであると思う。成功が第三者の評価であるのに対し、価値はあなたから始まる。まずは、自分は何が得意で、チームや組織や世界にどんな貢献ができるかを理解することから始めよう。

CHAPTER 7

仕事での幸せの今後

仕事での幸せが今後どうなっていくかは、テクノロジーが進歩を続け、仕事への負担が増している中、重要性を高めている話題だ。リモートワークの普及、ギグエコノミーの広がり、コロナ禍が引き起こした心身の健康問題の増加といったことが原因で、職場で幸福を追求する、よりよいウェルビーイング・プログラムが求められている。

　今後も続く可能性が高いトレンドの1つに、ウェルビーイング・プログラムへのテクノロジーの活用が挙げられる。ウェアラブルデバイスとモバイルアプリで身体活動と睡眠パターンを追跡できるし、バーチャルリアリティーと遠隔医療サービスでメンタルヘルスへのサポートを遠くからでも提供することができる。こうしたツールによって、従業員は自分のウェルビーイングについてリアルタイムでフィードバックを得られ、管理職は問題の種を早期に発見できる。

　……という書き出しは、人工知能（AI）が書いたものだ。出だしの文でテクノロジーについて、仕事での幸せはテクノロジーが進歩する中で重要性を増していると言っているのは、とても愉快だと思う（戯曲『セールスマンの死』の主人公ウィリー・ローマンがこれを聞いたら、営業では最初から強引なセールステクニックを総動員し、売り上げを伸ばしてクビをまぬがれようとするかもしれないが、そもそもウィリーには、精神的に追い詰められるほど仕事に執着する必要はなかったと思う）。

　仕事での幸せが重要性を増しているのは、幸せを損なうのではなく増進するためには働き方を変える必要があることが認められるようになったからだ。それはそれとして、われらが同僚AIくんの言うことは正しいのかもしれない。実際、テクノロジーは仕事での幸せを調査する場面で役割を増している。例えば、人間の表情を分析することで、その人の現在の感情を読み取れるアプリがすでに出回っている。怒っているのか、不安なのか、幸せなのかが分かるのだ。この感情認識ソフトは第1世代のテクノロジーで、まだ初期段階にあるにすぎない。もし私が前歯を見せたら、このソフトウェアは私がニコニコと笑っていると考え、私は幸せだと判断するだろう。しかし誰もが知ってのとおり、私たちは幸せでなくてもニコニコすることができる。

「やあ、レスター、ちょっといいかい?」

「ブラッド、君のためなら、ちょっとどころかいくらでも」

　なぜこの会話を引き合いに出したのか分からない人は、映画『アメリカン・ビューティー』を見てほしい。質問は受けつけないので、この章を読み終わったら、とにかく見てほしい……

　しかし、今から10年後にはテクノロジーも第3世代に進み、あなたのスマホが、あなたの声の調子を読み取り、オンライン上の行動を追跡し、日中はどれほど行動的かを分析して、あなたがいま現在どこに誰といるか割り出せるようになるだろう。さらに、友人や家族ですら気づかないうちに、あなたが落ち込んでいるかどうかも分かるようになるかもしれない。

シリ「マイク、このところ元気がありませんね。火曜日に予定が空いていますから、いつものセラピストに予約を入れましょうか?　向こうも大丈夫そうですよ」

　AIは、いくつかの分野で仕事に大変革をもたらすだろう。グローバル企業PwC（プライスウォーターハウスクーパース）の予測によると、現時点ですでに雇用の3パーセントがAIによって失われる可能性があるという。この数字は、2030年代半ばには30パーセントに跳ね上がり、低学歴労働者では44パーセントに達すると予想されている。だから、AI以外で私たちの仕事に対する考え方を大きく変えそうな動向を、もっと詳しく見てみるべきなのではないかと思う。

ユニバーサル・ベーシックインカム

　2017 年、フィンランドは 2 年を期限として、ある実験を開始した。政府は、もし人々に、生活に必要な最低限の金額「ベーシックインカム」を何の条件もつけずに支給したら、どうなるだろうかと考えた。求職活動も、職業紹介所との面談も、働けない口実も、何ひとつ必要なく支給されるとしたら、どうなるだろうかと考えたのだ。

　この考えは新しいものではなかった。スペインのバルセロナ市、アメリカのストックトン市、ブラジルのマリカ市、韓国の京畿道などが、ユニバーサル・ベーシックインカムの実験を行なっている。しかし、全国規模で実施したのはフィンランドが初めてだった。

　フィンランド政府は、当時失業中だった人々から 2000 人をランダムに選んだ。それからの 2 年間、選ばれた 2000 人は、毎月 560 ユーロ（当時のレートで約 7 万 3000 円）の現金に加え、全員に認められた住宅手当 330 ユーロ（約 4 万 3000 円）を自動的に支給された。つまり、合計で毎月 890 ユーロ（約 11 万 6000 円）を受け取ったのである。

　これは、ぜいたくな暮らしができる金額ではない。フィンランド人の手取り所得は、就業者の場合は毎月平均 2400 ユーロで、学生の場合は約 1000 ユーロだ。それでも、月 890 ユーロというのは、倹約生活を送れば働かなくてもやっていける額だった。

　ランダムに選ばれた 2000 人が実験群で、それ以外の、通常どおりの給付を受け続けた失業者たち全員が、対照群だ。

　予想では、ユニバーサル・ベーシックインカムを受けている人の方が、

役所での煩雑な手続きに煩わされずに済むので、就職したり起業したりする割合が高くなるだろうと期待された。実験の結果は予想どおりで、実験群の人の方が対照群の人より雇用される割合が高かったが、その差はほんのわずかでしかなかった。

　いちばん大きな違いが見られたのは、実は幸福度で、際立った上昇が見られた。実験が終わった時点で、ユニバーサル・ベーシックインカムを支給されていた人は幸福度が 10 点満点で平均 7.3 点だったのに対し、対照群は 6.8 点だった。0.5 点は大きな違いと思えないかもしれないが、人生への満足度は大きく変動しないことが知られている。例えば前にも触れたとおり、結婚によって人生への満足度は上昇するが、その差は平均およそ 0.5 点だ。またユニバーサル・ベーシックインカムを支給されていた人は、対照群の人と比べて、より健康になり、ストレス、悲しみ、憂鬱、孤独感のレベルが下がった。

　私としては、今後もっと多くの国で政府が同様の実験をする英断を下し、もっと緻密なセーフティーネットを整備して、人々が思い切って起業したり芸術家を目指したりできるようにしてほしいと願っている。コペンハーゲンのハピネス・ミュージアムでは、よく来館者に「もしあなたが自分の国で幸福担当大臣になったら、どんな法律を成立させますか？」と質問している。ある人は「全員にコーギーを飼わせる」と答え、別の人は「自転車の所有を義務化する」と答えた。どちらの提案も個人的には賛成だが、おもしろいことに、成立させたいという回答が最も多かった法律案ベスト 3 は、ユニバーサル・ヘルスケア（国民皆保険制度）、週 4 日労働、ユニバーサル・ベーシックインカムの 3 つだ。

　さらに、ユニバーサル・ベーシックインカムとテクノロジーの進歩のほかにも、コストをまったくかけずによりよい職場を生み出す助けとなるような動向がある。それは、ビジネス業界であの禁句が受け入れられ始めていることだ。

ビジネス業界の禁句

　ビジネス業界の禁句とは、罵倒語でも差別語でもなく、「感情」のことだ。ふつう会社は気持ちや感情や幸福の話をしない。しかし私は、幸福研究に携わるようになった10年のあいだに、それが変わり始めていることに気がついた。

　例えば、先ごろ私は国際企業のエグゼクティブたちからの依頼でワークショップを実施した。依頼によると、幸福研究をテーマに、そこから何を学べるかを集中的に考える1日にしてほしいとのことだった。そこで、ワークショップでは最初に発表会をすることにした。参加者全員に、自分にとって幸福を象徴する品物またはその写真を持ってきてもらい、それを発表してもらったのだ。こうした発表会は、幸福とは何かを非常に具体的に話すことができるので、この手のワークショップを始めるのにもってこいの方法だと思うし、誰かと知り合いになれる最高の方法でもあると思う。

　みんな、いろんなものを持ってきた。自分の娘さんたちの写真や、ブーメラン、犬の首輪などなど、12人の参加者が持ってきた物はすべて違っていたが、みな一様に、幸福や愛、喪失、楽しみ、屋上でザリガニを食べた思い出など、心温まる話も語ってくれた。そうした物語は心を動かすものばかりで、参加者の大半は話をしたり聞いたりしているうちに泣き始めていた。私ですら、参加者たちのことは何ひとつ知らないのに目に涙が浮かんでいた。私は泣いていないのに、ほかのみんなが泣いている！　幸福についてのワークショップがこんなふうに始まるとは正直思わないだろう。しかし、彼らが流していたのは喜びの涙であって、このおかげで参加者たちはほんとうにひとつになったし、このワークショップのことは何年たってもきっと忘れないだろう。これが10年前だったら、こんなことは起こらなかったと思う。

仕事に抱く感情の話をするのは、ますます一般的になってきているし、それに加えて、感情を追跡することも広まってきている。われらハピネス・リサーチ研究所も、いくつかの企業と協力して、各企業が従業員の業績だけでなく感情にもっと関心を持つことで従業員の幸せを計測できるよう支援してきた。

　調査対象者を長期間追跡することで、私たちも各企業も従業員たちの幸せがどう変化しているかを理解できるが、そのためには適切な質問をし続ける必要がある。例えば、あなたの会社の従業員は、50パーセントが前年と同じくらい幸せで、10パーセントが前年ほど幸せでなく、40パーセントが前年よりも幸せだとしよう。一見すると、いい結果と思えるかもしれないが、もしあなたが、仕事への満足度や会社へのエンゲージメント（積極的取り組み）の平均値だけを計測しているのだとしたら、平均値が上昇したのは、単に幸せでない従業員が会社を辞め、幸せな人たちを新たに雇い入れた結果を示しているにすぎないのかもしれない（しかも、その場合、新たに雇った従業員の幸福度は翌年には下がるかもしれない）。

　私たちが協力した企業の1つは、もっと感情に焦点を当てた質問をすることで、多くの社員が孤独を感じていることに気づき、そこで私たちは、この問題に関する一連のワークショップを実施した。その結果、分かったことがある。この会社では、大学新卒で雇われると、広範囲にわたる新人研修を受け、同じく入社したばかりの新卒者たちと講義を受けたり社会活動をしたりする。また、ひとりひとりにバディーが割り当てられ、このバディーが非公式なメンター（指導者）となって仕事のコツを教えることになっていた。それに対して上級管理職に中途採用された人は、一言「ようこそ、わが社へ」と書かれたカードが置かれたデスクを示されるだけということが多かった。そうした人は、仕事の性質上、オフィスにいるのは1週間のうち1日だけで、それ以外は出張で社外に出ていた。そのため、社内で人間関係を築くのに時間がかかっていた。ある人は、会社に来て最初の3か月が人生でいちばん孤独な時期だったと語っている。以後、この会社は上級管理職の中途採用手順を変え、以前ほど孤独を感じずに済むようなものに変更している。

大事なのは、あなたの仕事が何であれ、いっしょに働く相手は人間であって従業員ではないことだ。職場で私たちは、ストレスや孤独など、ありとあらゆる感情を、プラスの感情もマイナスも感情も含め、たくさん経験する。ハピネス・リサーチ研究所がおおいに頭を悩ませていることの1つに、調査ではどこまで質問してよいか、その線引きをどうするかという問題がある。「仕事にどの程度満足していますか？」は、効果的で尋ねても問題ない質問だと思う。それでは、「どれくらいの頻度で、あなたは自分をほんとうに理解してくれている人がいると感じますか？　頻繁に？　ときどき？　ほとんどない？　まったくない？」はどうだろう？　あるいは、「次の文を読んで、あなたはそのとおりだと思いますか？『私は、自慢にできるものがあまりない』」はどうだろうか？

　この2つは、それぞれUCLA孤独尺度とローゼンバーグ自尊感情尺度にあるもので、こうした質問は職場で——さらには人生全般に対して——幸福な人もいればそうでない人もいる理由を説明するものだ。科学的見地から言えば、そうした質問を含めるのは当然のことだが、実際には質問するのをためらう企業は多い。「こうした話題はプライベートすぎて職場での調査に持ち出すべきでない」と思っているからだ。しかし、事情は変わってきている。

　仕事が人生のほかの部分に影響を与え、ほかの部分が仕事に影響を与えているという事実は、次第に認められるようになってきている。もし私が仕事でストレスを感じたら、そのことは家族や友人との生活に影響を及ぼすだろう。孤独、自尊感情、ストレス、喜びは、ある分野から別の分野へと影響を広げる。だから私は、「ワーク・ライフ・バランス」という考えは根拠のない神話にすぎないと思っている。もしあなたが仕事で幸せでないと感じていたら、そのせいであなたの幸福全般が影響を受けるだろう。もし仕事で孤独だと感じていたら、そのせいで職場とプライベートの両方であなたの幸せが影響を受けるだろう。

御社は幸福について何を提供していますか？

　誰だって起きている時間の3分の1を、下らない人間が下らない理由で下らないことをするのにつきあって過ごしたいなどとは思わない。私たちはみな、自分が楽しめる仕事をしたいのだ。では、それはどこで見つかるのだろう？　これを探すのは、一昔前はけっこうたいへんで、就職の申し込みをしようか検討している会社で働いている知人がいれば、その人に「仕事は楽しいですか？」と尋ねることができたのだが、そんな都合のいいケースはめったになかった。幸い、今ではますます多くの仕事検索サイトが、仕事での幸福度に関するデータを収集・公開して、求職者が参考にできるようにしている。

　例えば、給与が3万ポンドの仕事Aと、2万9000ポンドである仕事Bのどちらかを選ぶとしよう。肩書も職務内容も同じで、自宅からの通勤距離も同じである。昔だったら、当然仕事Aを選ぶだろう。でも、もし現在および過去の従業員100名による幸福度の評価が、仕事Aは5点満点中3.1点で、仕事Bは5点満点中4.3点だとしたら、どうだろう？　仕事Bを選ばないだろうか？

　かつてイタリアの天文学者ガリレオ・ガリレイは、「測定可能なものは測定し、測定不可能なものは測定可能にしよう」と言った。まさにそれこそ私たち幸福研究者が目指していることであり、私たちは幸福という主観的で複雑なものを定量化しようとしているのである。

　給料は測定がとても容易で、だからこそ就職先を考えるときには非常に大きな影響力を持つのだろう。しかし今では幸福度も比較することができる。もちろん、会社Bでは過去と現在の従業員の多くが幸福度4.3であるからと言って、あなたも同レベルの幸福を味わえるとは限らないし、会社

Aで働いている人の幸福度が3.1であるからと言って、あなたの幸福度もそのくらいになるというわけではない。でも、賭けてみたいとは思わないだろうか？

　例を挙げると、仕事検索サイトIndeed（インディード）では、格安航空会社ライアンエアーは評価が3.1で、同じ格安航空会社のサウスウエスト航空は4.3である。レビューには点数のほかに書き込みもあり、いくつかタイトル——例えば「給料と手当は最高。それ以外は最低」——を見れば実態は丸わかりだ。もちろん、私たち全員が職場での幸福度がいちばん高い仕事を選べるわけではない。人によっては、家計をやりくりするため給料のよい仕事が必要という場合もあるだろう。しかし私は、将来の雇用主が従業員たちに幸せをどれくらい提供しているかを考慮に入れることは、多くの人にとって有益で大切なことだと思っている。これを検討材料に加えることで、あなたの全般的な幸福度が大幅に改善されるかもしれない。

チーフ・ハピネス・オフィサーの役割を引き受けよう

　第1章でも書いたように、グーグルなど多くの企業は上級管理職の1つとして「チーフ・ハピネス・オフィサー（最高幸福責任者）」という役職を置いている。これは確かにすばらしいことだが、世の中には「グリーンウォッシング」と言って、企業が実態を隠して環境保護に熱心なふりをすることがあるように、「ハッピーウォッシング」に気をつけなくてはならない。「従業員をもっと幸福にしたい」と表明することと、そのために実際に行動することとのあいだには、大きな違いがある。残念ながら私が見てきた企業の中にも、幸福について大胆な発言をしていながら、幸福実現のための主要な施策を実施しようとしないところが複数あった。

　そもそも、チーフ・ハピネス・オフィサーは公式の役職である必要がない。職場における同僚の——そして何より自分自身の——幸せには、私たち全員が責任を負っている。今の職場の幸福度がどのくらいかを知るために、どこまで立ち入った質問ができるかを考えてみよう。従業員や同僚に「自分の人生にどの程度満足していますか？」と質問できるだろうか？「自分はどれくらい孤独だと思いますか？」という質問はどうだろう？文化が違えば、どこから先がタブーで、人前で話すべき事柄ではないとされるかの境界線も違ってくるし、回答者には、この種の質問に答えなくてもいいという自由も常に認めなくてはならない。大切なのは、幸福を優先させる方向へ重点をシフトさせる努力をすることだ。そうすれば生産性も必ず上がってくるだろう。

　確かに企業は職場でのあなたの幸せに責任を負っているが、あなただって、その責任を負っている。だから本書では、ジョブ・クラフティングなど仕事に対する気持ちを改善するためにできることを紹介したり、嫌な仕事を辞めたり毒上司から逃げたりできるよう経済力をつける方法を取り上げたりしてきたのである。

有給の仕事だけでなく

　これまで私は、清掃員、製パン職人、父親、ジャーナリスト、バリスタ、主夫、グラウンドキーパーとして働いてきた。

　働いた職場は、プラネタリウム、外務省、植物園、スペイン語とフランス語の本を売る書店、それに映画館だ。ちなみに、映画館でいちばん好きだったのは、映画『セブン』を見ていた観客が、すでに死んだと思っていた男が死んでいなかったことが分かるシーンで示す反応を見ることだった（今さら「ネタバレ注意」もないだろう。これは 1995 年の映画で、今まで見たことがなかった人は、この先も見ることは絶対にない）。

　写真についての雑誌を創刊し、幸福についてのシンクタンクを立ち上げ、このまま未完で終わりそうな小説を書き始めた。クリスマスツリーとアイスクリームを売ったこともある。アイスクリームの販売でいちばん愉快だったのは、客が「stracciatella」を指さしながら（「ストラッチャテッラ」と正しく発音できないので）「あれをください」と言って注文することだ。その場合、私はバナナ味を渡していた。

　データ入力の仕事で文字どおり「2」を「3」に変えたこともあった（2000 年問題より前の話だ。「若いから 2000 年問題は知らない」という人には、「知らなくてよかったね」と言ってあげたい）し、大きな会議の準備をしたこともあった（その仕事で私は、ある元国連事務総長は、5 分の 4 まで水の入ったコップを常に手の届く範囲に置いておかなくてはならないことを知った。これがホントの渇望するエゴ）。

　こうした多種多様な仕事をしたおかげで、私はシナモンロール 150 キロ分のレシピを覚え、アカトウヒとドイツトウヒを見分けられるようにな

218

り、北斗七星からうしかい座の星アークトゥルスを見つける方法を知り、幸福のための最高のレシピを人に教えることさえできるようになった（ちなみに、このレシピはシナモンロールのレシピとよく似ている）。

　仕事は、給料がすべてではない。どの仕事でも、スキルや友人や笑い話といった、人生を豊かにしてくれるものが得られる。例えば、今もつきあいのある親友の何人かは映画館でいっしょに働いていた映画好きの連中だ。クリスマスツリーを売っていた7年間で身につけた交渉スキルは今も使っているし、イタリアのモンツァでF1ドライバーのシャルル・ルクレールが運転するフェラーリのF1カーに乗せてもらい、時速300キロを体験したときのこと（幸福研究者の役得の1つだ）は、今もよく話題にしている。

　完璧な仕事などないし、誰にだって、仕事やタスクにやりがいやおもしろみを感じられず調子が出ないときがある。デンマーク人も、北欧神話の神々が日中は戦いに明け暮れ（北欧神話では、戦いは楽しみだ）、夜は朝まで宴会に興じるというような経験を職場でしているわけではない。しかし、仕事は人生の一部である。それも、重要な一部だ。それなら、その一部は、おおむね楽しめるものにするべきだ。そして、そのためには仕事を正しくデザインしなくてはならない。従業員を信頼する会社を作るか、そうした会社で働くことを目指そう。暮らしていくのに十分な給料だけでなく、やりがいと達成感も与えてくれる会社。従業員が連帯感を持ち、成長していける会社。そうした会社が望ましい。

　でも、そうした要素を仕事以外の場所に求める人もいる。子育てにやりがいを感じることもあれば、前々からほしいと思っていた本棚をようやく設置したことで達成感を得ることもある。だから、「仕事が退屈きわまりない」と感じることがときどきあるようなら、勤務時間以外の時間は、こんなふうに仕事とは真逆のことにチャレンジするのに使うといい。自転車で通勤したり自宅で料理したりして出費を減らし、フリーダム・ファンドを積み立ててもいい。フリーダム・ファンドがあれば職場にいる時間を減らせるかもしれないし、ひょっとすると、いつかは仕事を完全に辞めてしまえるかもしれない。

さらに私は、仕事の定義を広げられればとも考えている。「仕事」は、有給の仕事だけを意味するわけではない。自分や家族のため家庭菜園で野菜を育てることや、自分の住んでいる地域でよりよい社会的仕組み作りに取り組むことも仕事だし、例の SF 風ラブコメ小説を書くことだって仕事だ。有給の仕事は生活していくのに欠かせないが、人生そのものを作るわけではない。

私は、仕事でもっと幸福になるには、人生も違ったふうにデザインしなくてはならないと思っている。今より職場の近くに引っ越すか、通勤の少なくとも一部を徒歩か自転車で行なえるよう調整し、フリーダム・ファンドを蓄えられるよう支出を減らし、時間を割いて家族や友人といっしょに達成感とともに連帯感も感じられるようなプロジェクトに取り組むべきだ。

今年の初めころ、私はキャメロット社（イギリスの国営宝くじ事業運営会社）の関係者と、高額当選者について、つまり、宝くじで 100 万ポンド（約 2 億円）以上当たり、大きな小切手を持った姿で新聞に掲載される人について話をした。支出パターンの違いが幸福にどう影響するかを話し合ったのである。高額当選者の 1 人は、地元のドッグフード会社で夜勤で働く男性で、ある日、目覚めると百万長者になっていた。彼は仕事を辞めたが、働くことをすっかり辞めてしまったわけではなかった。運転席つきの芝刈り機を買い、芝刈り代行のビジネスを始めたのである。これまで何年も、夜間に工場で働いて昼間に眠るという生活を送っていたので、日の光を浴びながら芝刈り機を運転するのを心から楽しんでいた。彼の場合、大金があるからといって一日中何もしたくないわけではなかった。大金を持つことは、幸福への解決策ではなく、彼にもっと多くの自由を与えたにすぎない。そして、もっと自由だと感じることは、宝くじに当たらなくても自力で成し遂げられることだ。

第 4 章で取り上げた、FIRE を目指す人々を思い出してほしい。彼らは節約生活を送り、手取りの給料の大部分を投資に回して、将来的には配当金で生活して、早い人だと 30 歳で早期退職しようと計画している。そんな彼らの中に、「俗世を離れてのんびり暮らす」という意味で隠退している人はほとんどいない。残りの人生をビーチに寝そべってピニャコラーダを飲

220

みながら過ごしている人はいないし、たとえいたとしても、その数はほんのわずかだ。彼らは今も働き続けている。違うのは、今ではもう収入は必要ないので、働きたいときに働き、そして何より、自分が楽しめる仕事しか引き受けていないことだ。

　人間として私たちは働くように生まれついているのだと、私は考えてい

る。私たちは何かを達成するのを楽しむ。個人的には、私がよりいっそう幸せを感じ、自分と人生にいっそうの満足感を抱くのは、その日過ごした1日が、無為に過ごした1日でなく、生産的なことをやって過ごした1日だったときである。

これは、有給の仕事をする生活が終わった後も続く。退職後の新たな生活に悪戦苦闘している人は多い。どうやって毎日を過ごし、どこでやりがいや、生活のリズム、つきあう人たちを見つけたらいいかが、分からないのだ。だから、退職するのが何年あるいは何十年も先であっても、退職後は何をするのか考えておくといい。ちなみに私は、かれこれ20年間書き続けている例の犯罪小説（テレビドラマの「コペンハーゲン」と「THE KILLING／キリング」を合わせたような話だ）を完成させる予定だ。あと、どこかに大きな果樹園を作って、ジャムを煮たりリンゴ酒を醸造したりしたい。そうそう、それから木製の大きな投石機も作ってみたい。

でも、そのときが来るまでは、どうすれば生活の質を高めることができるかについて、知識を広め続けるつもりだ。もちろんその知識には、世界でいちばん幸せな人のように働ける方法も含まれている。それは具体的には、やりがいと自由を求めることであり、他者を信頼してつながりを作ることであり、ワーク・ライフ・ブレンドに取り組むことであり、成功とは何かを考え直すことである。

たぶん、これをいちばんうまく表現したのはアメリカ人作家ベシー・アンダーソン・スタンリーだろう。彼女は「成功とは何か？（What Is Success?）」と題する詩を書いている。最後にその一節を紹介して、本書の終わりとしたい。「成功を成し遂げた人とは、よく生き、よく笑い、たくさん愛した人である。（中略）この世に生まれたときよりも、ポピーの花を改良したり、非の打ちどころのない詩を書いたり、誰かの心を救ったりして、この世をよくして亡くなった人である。地球の美しさを常に理解し、それを絶えず表現していた人である」。

ハッピーワーク

_____

☐　仕事での自分の幸福度を率先して記録につけよう。会社が調査を実施するのを待っていてはいけない。今週あなたがどれくらい仕事を楽しんだかを、点数方式で毎週記録するのだ。ふだんと違う点数をつけたときは、その理由を1〜2行書き記しておくといい。そうすれば、好調の週と不調の週で何が起きたかを理解するのに役立つだろう。

☐　現在の職務に幸せを感じていない場合は、Indeed など、過去と現在の従業員による幸福度のスコアを公表している仕事検索サイトを見てみよう。そうすれば、あなたの働いている業種ではどの会社が社員に最も高い幸福度を提供しているかが分かるかもしれない。

☐　仕事の定義を「有給の仕事」だけにとどめず、もっと広く考えよう。ふだんの仕事にあなたがやりがいを感じているなら、それでかまわない。でも、もしそうでないなら、日々の生活のうち仕事以外の分野でやりがいを感じられるものがないか、考えてみよう。ボランティア活動でもいいし、子育てでもいい。あるいは、住民どうしの信頼を高めた、よりよい地域作りでもいい。

☐　今の仕事を辞めたり退職したりした後に何をするか、計画を立てておこう。いずれ何かから退くことになると思うが、退いてから何かすることがあるというのも、大切なのだ。

謝辞

　私はハピネス・リサーチ研究所で、以下に挙げる頭がよくて楽しくて、心根が優しい、すばらしい面々と働けるという栄誉に恵まれている。

　キャータン、グザヴィエ、アネ＝ソフィー、ダニエル、マリア・R、ランヴァ、ゲイブ、シンディー、キアステン、クリスティーナ、タイス、マリー・ルイーズ、ミケール・M、マリー・L、リーサ、ミケール・B、ヨハン、フェリシア、マリア・H、マリー・H、リディア、アネ、アレハンドロ、マス、マイカ、アレクサンダー、レベッカ、イサベラ、ヴァネッサ、ヤコブ、エミーリエ、オノー、エリック、サラ、ピーター、イーナ、ルツィーヤ、オルガ、セーアン、カミラ、アナ、ヘレーネ。

　みんなが幸福についての仕事をしてくれていることと、仕事に幸福をもたらしてくれていることに感謝したい。

写真出典

pp. 7, 14, 17, 42, 52, 105, 147, 200, 217, 221 © Stocksy

pp. 21, 45, 58, 67, 72, 79, 85, 92, 96, 101, 110, 113, 116, 127, 131, 140, 152, 156, 159, 171, 186, 204, 207 © Getty Images

pp. 29, 32, 99, 175 © Alamy

pp. 41, 49, 65, 71, 153 © Shutterstock

pp. 102, 164, 180, 211 © Unsplash

【著者】マイク・ヴァイキング（Meik Wiking）

　デンマークのシンクタンク「ハピネス・リサーチ研究所」代表。『ヒュッゲ 365日「シンプルな幸せ」のつくり方』が世界的ベストセラーに。ほか邦訳書に『マイ・ヒュッゲ・ホーム「癒やしの空間」のつくり方』『デンマーク幸福研究所が教える「幸せ」の定義』などがある。

【訳者】小林朋則（こばやし・とものり）

　翻訳家。筑波大学人文学類卒。主な訳書に荘奕傑『古代中国の日常生活』、フィリップ・パーカー編『世界の移民歴史図鑑』、アンドルー・F・スミス『ハンバーガーの歴史』、ベン・マッキンタイアー『ソーニャ、ゾルゲが愛した工作員』、カレン・アームストロング『イスラームの歴史──1400年の軌跡』など。

THE ART OF DANISH LIVING by Meik Wiking
Copyright © Meik Wiking, 2024

First published as THE ART OF DANISH LIVING in 2024 by Penguin Life, an imprint of Penguin General. Penguin General is part of the Penguin Random House group of companies. No part of this book may be used or reproduced in any manner for the purpose of training artificial intelligence technologies or systems. This work is reserved from text and data mining (Article 4\3) Directive (EU) 2019/790). The moral right of the author has been asserted.

Lyrics from 'Freedom!' written and performed by George Michael Quotation from the 2007 Mad Men episode 'Smoke Gets in Your Eyes', written by Matthew Weiner

Japanese translation rights arranged with Penguin Books Limited through Japan UNI Agency, Inc., Tokyo

あなたの幸福度が上がる
デンマークの仕事と生活

●

2025 年 3 月 25 日　第 1 刷

著者…………マイク・ヴァイキング
訳者…………小林朋則
装幀…………松木美紀

発行者…………成瀬雅人
発行所…………株式会社原書房
〒 160-0022 東京都新宿区新宿 1-25-13
電話・代表 03（3354）0685
http://www.harashobo.co.jp
振替・00150-6-151594

印刷・製本…………シナノ印刷株式会社

©office Suzuki, 2025
ISBN978-4-562-07519-5, Printed in Japan